坚硬的春风

肖寒◎著

长春出版社
全国百佳图书出版单位

图书在版编目（CIP）数据

坚硬的春风 / 肖寒著. -- 长春 : 长春出版社,
2025. 1. -- ISBN 978-7-5445-7726-7

Ⅰ. I227

中国国家版本馆CIP数据核字第2024YG1961号

坚硬的春风

著　　者　肖　寒
责任编辑　王　莹
封面设计　宁荣刚

出版发行　长春出版社
总 编 室　0431-88563443
市场营销　0431-88561180
网络营销　0431-88587345
地　　址　吉林省长春市南关区长春大街309号
邮　　编　130041
网　　址　www.cccbs.net

制　　版　长春出版社美术设计制作中心
印　　刷　长春天行健印刷有限公司

开　　本　880mm×1230mm　1/32
字　　数　138千字
印　　张　12.875
版　　次　2025年1月第1版
印　　次　2025年1月第1次印刷
定　　价　69.80元

目　录

并不是一开始就是这样的

并不是一开始

树木和青山就平摊了绿

并不是一开始

花朵就保持着完美的样子

它们安于山顶，安于生命的陡峭

并不是一开始

我和它们就是这么稳定的关系

我们相互攻陷，妥协，弥补缝隙

为此

仿佛我已言语用尽

又仿佛尚未说出只言片语

某种程度上

我已数次出现逃离的倾向

我有暗藏的

溃败的忧伤

多么危险

多么危险，这么多年过去了
一片草地反复地由绿变黄
一片庄稼在反复地收割之后，我
再也不能一眼就认出它。是的，再熟悉的事物
也经不住岁月的变更。一条河
水位不断下降，两岸的青草，天空，山川
异常的寂静，仿佛对人世的一切
早已淡漠。仿佛平地逐渐消失
沼泽，无边无际

多么危险，我把自己放进生活中
又想走出来。仿佛我一直隐藏于生活的荆棘中
杂草里的花，已经有了草的气味
这陌生的味道，有时令我安静
有时令我疯狂而着迷

多么危险，一转眼
这个黑夜马上就要消逝
我又耗费了余生中
一个无辜的夜晚

又下雪了

又下雪了，生命中
原有的洁白，又脱落了一层
原有的路，多了一处回转
我和它相互碰撞、击打
我们都有倾诉的欲望
但我们都显得若无其事
秘密的事儿
说出去比不说出去
要危险

冰 凌 花

或许你比我更爱这人世
生活中我惯性于撤退
而你不是。我模仿着你
而越是模仿，就越是与你相反
这些年，我总是在绝望中写下
麻木、隐忍、浑浊
人群中，不是只有我才能看到你
但，只有我，像你这样活着
我们之间阻隔着大地、树木、群山、河流
我们之间阻隔着悬崖和风
而我多么陡峭的人生
都不及你身处高山之巅的险

秘　境

我们有时相互能够找到
有时找不到
我把自己弄得沙沙响
你还是找不到
显然是风吹得不够大
如果
还是找不到
显然
是你的痛苦不够深

就 算 是

就算是，风不吹
整个森林的绿也会倒下

如同落日，高山
隐藏了大海的黯淡与阴郁

风吹着火车，急速远去
风吹着火车，空荡荡地返回

就算是，你不是风
我也会被体内的轰鸣之声
席卷着
扑向人生的暮色

喂 养

我喂养过的：爱情和光
早已脱离我的身体，我用整个身体
经过它们，我用整个身体
去堵即将到来的春天
就像你倾斜整个身体
来摘我脸上的桃子

山河和树木
也顺从我的喂养。但它们
并不顺从我的意识，也不顺从我
每月一次的潮汐

诗歌是我喂养的猛虎
它经常将我逼成疯子
也，经常置我于死地

现在还不是春天

现在还不是春天，时光还是那么缓慢
该出现岔路的地方，还挤着风

天空和大地，相隔还是那么遥远。你说
一棵不开花的树迟早会变成一块坚硬的石头
我坚信不疑

更令我坚信不疑的是：说出这些时，你还很青涩
但你有巨大的翅膀。你令我对这个人世充满惊喜和恐惧

现在还不是春天，还不是
判定一株植物荣枯的时候

崭　新

最初我相信爱情，现在
我相信死亡
凡是可以用来爱的，我已全部拿出来
爱这个人世了
头发、面容、神情、躯体分别是我爱它的一部分
每一天，这个世界都是崭新的
每一天，我都要涌入崭新的人流
风围绕着我，撞击着我
越来越沉重的击打声
只有我一个人
能听得见

草木即将萌芽，崭新的一幕
给我带来的欢愉和痛苦
都源自爱

我爱每一段行程
我爱闪着金属般光泽的事物
我爱，阳台上
一盆竹叶青积攒了一冬天的绝望

这么多年，每天都有一个崭新的我
藏匿于自身的堡垒
从未解脱

笼 罩

我们走在狭窄的甬路上
路旁的石头、枯草、突兀的树木
笼罩了我们，冰凉的石头
坐上去就有了温度。寂寥的枯草
多看几眼就有了绿意，突兀的树木
迎着风，只要它迎着风
风就能把它吹成茂盛的样子

这样的心情笼罩着我
在风中摇晃，有时候，我们必须慢下来
只有慢下来
我们才能和最美的景色站在一起
风的波浪笼罩着我们
每个人
都像一朵小小的浪花

在山下，我们仰望
山顶的树木，风，以及云朵
就像仰望自己前世的脸、爱和忧伤
山笼罩着我们

更大的风

走了很远的路，还是看不到一点绿

沮丧、麻木、焦躁，我尽力

控制这些不安的情绪

尽力控制着

不被任意一种情绪所打败

阳光逐渐浓烈

我们和树木、枯草、荆棘

都顺应着风的变化，有时

我们被风吹得摇来摇去

之后，又挣扎着

恢复原来的样子

风更大时，我们都失去了原有的力量

它，波浪一般汹涌

淹没了我们和万物

也淹没了我们身体里

来自对生活的战栗

绿

我在下过雨的路上走着
湿漉漉的地面，踩上去
就会留下深深的足迹
沿着路一直走下去，偶尔
会看到一点绿
乱蓬蓬的杂草覆盖着它
它代替我活着
风和风
相互碰撞着
不停地吹
一个经过那么漫长的寂寞
开过白色的花朵，被人
嘲笑过、唾弃过、撕碎过的人
如今已经变得
坚定、勇敢、无畏

蔚蓝的天空
云朵像一条巨大的河流
它在随风
旋转、飘摇、掉落
我有长久的耐心
等待风向一转
绿，就连成一片

潜　伏

潜伏在我身体里的火车，有时
会肆意地开出体外，载着具有沧桑感的事物
奔向铁轨的另一端

在风中颤抖的事物，都不够深刻
我依然在为潜伏于内心的梦想
提供：食物、睡眠以及适当的悲伤

潜伏在天空中的蓝，终有一天也会被我们用尽
那时，风就会在我们的面前垮掉。我是说
风可以停下来，但我的头不能低下去
哪怕，只是一瞬间

早 春

一切尚未复苏

但风会让废墟般的城市

一点点出现生机。之前下过的两场小雨

一场用于冬、春的转换，另一场

用于覆盖整个旷野

万物会就此复活

但什么都没有发生

依然是荒芜围困着我们

仿佛，风比我们更加渴望繁华

它时而将缓缓的流水吹起烟雾

时而狂卷着风沙击打着

窗子、树木和街道
它时而也会沉寂下来
像一块岩石

有时，我也像一块岩石
绝望于生活中的，悬崖和峭壁

春　天

从你的口中说出来，它就是风
从我的眼中看到
它就是水。攥在手里
它就是爱。我是说春天

我是说翻飞的柳絮，颠簸的白云。风像是
陡峭的瀑布。雨更像是
一个人低声地讲话。想要走的路
和想要拜见的人
都在诗里

春天就是万物中的一种，就是一块石头
突然有了双倍的亮色

剩　余

我还没有活到
物质和精神都存有剩余的份儿上
身体里的剩余
也在逐年减少
梦境里已经没有一个人
此刻，我暴躁的情绪
像风一样
横扫着肉体和精神里的一切

而我接下来要做的是
爱上自己剩余的无望的生活

杏 花

沿着一条铺满碎石的小路
我看见一片杏树
那么多的花
飞扬在枝头。有时
我把鼻尖贴近它们，有时
把脸贴近它们
我的脸陷入这些花朵的脸中
我们之间没有任何缝隙
它们习惯于弄出一些声响
习惯于每一阵风
都经过它们的生活。它们
不断地扩张，再大的力量
也阻止不了它们

偶尔会看到柳树晃动着细嫩的叶片
整个空气中涌动着暗流
好像随时能够洞穿、粉碎、融化些什么
好像潜伏在暗处的事物
随时都有可能发声

隐　藏

我的话越来越少，表情越来越单—
我隐藏了焦虑、暴躁、不安以及语无伦次
某种情绪，仿佛是捆绑在身上的绳索
有时，我会勒紧一些
用以确定自己的存在
我隐藏了一切糟糕的想法
我是唯一能够容纳自己的人
我把自己隐藏在房间里
一张床、一把椅子或者是一件衣服
就是我的旷野。我的旷野就是
将一切排除在外的自我的情绪
我必须隐藏我的情绪
必须表现出
人到中年的平静

初　夏

每一棵树都还年轻
它们举着茂盛的叶片、枝干以及
巨大的树荫。最初
它们是迅速地绿，现在
它们是慢慢地绿。这是一种喧嚣
也是一种荒废和流逝
风，时缓时急
草地呈现出一片重生的迹象
花朵和溪水
都在归程中找到了适宜自己的位置
一块荒芜的菜园
任凭风再怎么吹
它都初衷不改，片叶不生

响 声

尽管车子一路疾驰

但她还是听到了：

挖掘声、嘶喊声、摩擦声、击打声……

车子越快，声音就越多越杂乱

她试图停下车

试图转换另一种方式前行

但她还是听到了：

道路拐弯的声音，风擦过树木的声音

黑夜熄灭万物的声音

仅仅走了一步

她就被自己走路的响声击溃

仿佛她的身体

只剩下两只耳朵

仿佛她的人生

只剩下抗拒

塔　子　山

再崎岖的路

也挡不住一双跋涉的脚

我们沿着山路攀登

随着山的巍峨的呈现，仿佛

我们也具有了山的巍峨和葱郁

我们一块石头一块石头地征服

一个斜坡一个斜坡地攻占

有时，我们必须钻过树木间投射下的

阳光隧道。有时

我们必须踏过一大片荒芜

没能在春风中转身的，都太过于固执和倔强了

一路上，我们像是在探秘

更像是与自身的倔强在较量

我们这些从城市中抽身出来的人

都需要
在不确定的时间里
将自己抛出，又在
不确定的
一声惊呼或叹息中找回

表　演

太过专注于表演
就会有失分寸。现在
我正针对自己用力地
捶打、敲击、拧掐、碾压
屡次得手，又屡次失手，将自己
弄个半死不活

天气晴朗时
窗外的树木就会舒展开叶子
其中的一部分
被沉甸甸的空气压低，另一部分
就会在风中肆无忌惮地招摇
我陷于绝望中

说一些出格的话，或者是
做一些过分的事
都是可以原谅的，这些
都离死还太远太远

偏　执

在上海，我们穿过那么多的街道和风
晴朗的日子，我们谈论暴风雨、霉烂以及净月潭
阴雨的日子，我们谈论轻飘、摇摆不定以及
那些尘世遮掩不住的东西
这世间一定有人比我更需要倾诉
比我更需要在人群中落定
比我更需要成为一种渺小与虚无

拒绝所有诱因，我以为那就是赢了
拒绝所有喧哗，我以为那就是沉默了

外滩、黄浦江、夜游轮
我们偏执地爱着，偏执地活着

我们混淆着一切，但时光与夜色
依然在有序中进行

死，是活着最深邃的另一面
我一直这么偏执地认为

肆　意

弯路走了不少，但还是
没有找到正确的那一条
我开始烦躁、虚脱、无力
像是在爬山，沿着山的陡峭
穿行于干涩的空气
生活
远比爬山要艰难得多
风在加速
一些控制不了的绿开始肆意
冲击着山顶，流水和天空
像我的某种情绪
冲刺着我的麻木、困顿以及
心灰意冷

越来越少的生活

不论对这个世界多么地热爱
我的生活都会越来越少
经过的人，带走我生活的一部分
经过的风，吹走我生活的一部分
经过的雨，浇灭我生活的一部分
我越来越少的生活
开始变得坚硬、狭小
更多的时候
我会迷失于自我之中
对自己实施无法抵抗的力量

仅 有

已经到了不合适的事不会去做
不合适的话不会再说的年龄
但仅有适可而止与守口如瓶是不够的，还要加大
沉寂的剂量，让
山川、树木、花草也纹丝不动
风搬运不动任何事物
水流不到任意一处
它们谁也招惹不到谁
仿佛尘世的悲喜瞬间消逝
仿佛我们已不必
再去为谁而动用情感
仅凭有一些想法
就可以活得很好

还　是

我还是喜欢沉默
还是喜欢把很多很多的事情
往身体里装。还是不喜欢忧郁的天气
还是喜欢夜晚、安静以及成熟稳重的男人
还是容易悲伤，还是不敢轻易地
把自己交付给谁，还是一想你就流泪
还是写完一首诗
就能耗尽自己

另一个我

除了我，应该还有另外一个人
对我施力。除了我
她也能置我于死地。她的笑比我灿烂
她的哭比我悲伤

我用她的肉体写诗，她用我的肉体
挡人世的箭

我不确定

我不说，不等于我没有看到
我不能确定什么，不等于
什么也没有发生。我看到的森林
已经不是之前的那片
之前的那片
已被黑夜伐倒，它们中
有的变成了流水，有的变成了桥
有的变成了门和门缝
剩下的山坡上的那棵
站得更加笔直了，它从不低头
仿佛与大地脱离了一切关系
雾气常常笼罩着它
这使我看不清它

但我觉得它无处不在
它懂得我的沉寂、谦卑、妥协和战栗
我不确定，我是不是被黑夜伐倒的
那片森林之外的
山坡上的那棵树

风　雨

旷野上爬满了风

它刮过三遍就会有一场雨

疾驰而来，雨水来自海底

听过鱼的鸣叫

看到过鱼腹底清晰的白

它平静地

消失在海里

又在海里明亮地呈现

我不介入

我这么一个无足轻重的人

不能用什么来填满它

时光还是那样

残酷而坚韧

我活在岸上

孤零的两岸

绝望地暴露出

我毫无身份的身份

最好我不是我

最好
坐在电脑前写诗的我
不是我
她憔悴，萎靡，影子暗淡
她在一首诗里的交付和给予
完全超出了她本身
她爱它，爱得摇摇欲坠

最好
走在车水马龙中的我
不是我
人流的网，编织着
丑陋，盲从，漆黑而又
深不见底的生活

最好
在镜子里一点一点吃掉我的我
不是我
那么光洁的镜子，那么光洁的生命
都是险峰

事实就是如此，想突出一张脸
必须抹掉另一张脸

一个春日的下午

我没有手握方向盘，没有疾驰在
高速公路上，我坐在一个
春日的院子里
头顶杏花
空气沉匐而甜蜜
仿佛躺在地上的事物
都在缓缓地站起来。仿佛每一阵风
对它们
都有崭新的梳理

我在它们之中是最安静的一个
我如荒草，我坐在这里
完成逐渐缩小的过程
若我不小心闯入黑暗，若我不小心
碰碎一片苍白，请原谅我

如果坐累了，我会走一走
像一些植物那样，来到花园里
潜入水塘，或悄立枝头，又或
在赶来的路上。不论怎样
都要身披绿意，眼含波光

如果实在太累了
我就退回房间，床榻之上
高枕无忧，避免
在人世的泥泞中穿梭
生命中
总会有一种残忍的力量
使我销声匿迹

母 与 子

她们长得多像，宽阔的额头，
古铜色的脸。寂寞时
都爱吸烟，吸烟时
都爱看一点点燃尽的
烟上的火。她们
都是暴脾气，她们都是
一个叫上桥村最底层，
最枯竭的人。她们都在
长满了蒿草的地方，放声大哭过。
她们都曾想过，活着就是死。
她们一生都在心里堆积
山丘一样的
黑色的坟墓。

她二十六岁时，她把他
带到人间。
他六十二岁时，他送她
离开尘世。

樱 桃 树

它有它的忧伤
它有虎豹之心
它在黑暗里跌撞、喘息,它有时
也扑向海滩
当暗礁和沙石扑过来时
它也知道躲避,知道羞涩
它给我的一点点的甜和热望
是红色的、不安的、重叠的

它满身的果实,令那么多不怀好意的人垂涎
他们的心像锯齿,像柳叶刀
他们用目光割裂它们
它们圆润、张扬、火爆、劲头十足
当嘴唇干渴时,我会想到
长江、黄河、连绵不断的暴雨

更会想到它满枝的果实
它们正张开翅膀，围绕着它飞

它懂得我的汹涌，懂得我
深色的情怀
淡白的云朵
触摸着湿润的暖流
我依靠在墙壁上，我的话越来越少
我能想到的融合和统一
正在融合和统一着我们

它身体的线条愈加明晰
一棵高大的树木漫过石头、激流
它一身心酸和疲惫，而这
正是它此在的美

我也有我的忧伤
我也有虎豹之心

这个季节

树木已经到了最茂盛的时候
花朵已开到极致
这个季节没有风
万物
必须承担它该承担的部分
雨一直下
我颤抖的身体
像是塞满很多东西
又像是空无一物
这个季节
我必须保有
与任意一种繁华
都毫无关联的情绪

我不会成为一朵花

有时，遇见了什么
我就会变成什么。有时，在变成什么之前
我也会细想一下，太细腻，太固执，太痴情的事物
不适合我

花园里，花朵对应了足够的树木和水
它比我更适合做一个好女人
它比我更具有富足而热烈的爱
它比我更具有迷人的雪白之躯
但我不会成为它

我不会成为一个
风一吹
就摇曳不止的浅薄之人

整个夜晚

整个夜晚

没有更大的风

也没有更多的星星

仿佛草木有了更广阔的容身之所

更多的生命

仿佛有了更多更远的去向

整个夜晚

仿佛我比任何事物都更深地

陷入这黑暗之中

我日复一日地堆积

日复一日地与自己看不见的事物对峙

此　刻

黄昏时分

阳光开始下降

小草顺从着微风

此刻

世界很安静

我们比世界更安静

万物活在剩余的光照里

我们活在剩余的我里

此刻

多少语言都已无用

雨水沿着树木的枝干

落进我们的眼睛里

我们已开始了漫长的征途

直到

走到人生的另一面

或　者

走累了，我们就会坐在石头上或者草丛中
石头或者草丛都保持着一定的温热
鸟儿飞累了，也可以落在石头上
或者草丛中。石头或者草丛就重新有了高度

或者一切归于平静，流水越来越慢
天色彻底暗下来之后，万物要统一睡姿
这无关于内部的成熟或者腐烂
但不论成熟或者腐烂，都需要一副呜咽的身体

或者一副呜咽的身体也可以省略
只凭一副倔强的骨架
就可以熬过人世的曲折与漫长

酒是我的另一条出路

有时，我在身体里堆积光芒
它像隐藏于迷雾中的灯塔。有时
我在身体里堆积黑暗，它像
隐藏于海底的礁石。诗歌是我的一条出路
酒，是另一条

身体里的桃花总是向着身外开
藏在身体里的酒，要经过疼痛、煎熬和绝望
才能演变成一种情绪。它在我的身体里
我就是决堤的岸

它从各个方向强烈地冲击着我
仿佛它在这世间的出路
有无数条

坚　持

我坚持

沿着一座山谷继续走下去

树木越来越浓密

流水、荆棘、蓬乱的草混合在一起

它们看上去充满无尽的神秘感

它们看上去平静、开阔、与世无争

交织的光线

使它们呈现出完美的线条

而暗处

生存着

更加顽强而繁茂的植物

它们坚持将山谷引向深处……

我有许多愿望

我有许多愿望，它们好像是
埋在我身体里的石头
它们磨损着我肉体和精神里的多余
它们驱使着我
从翠绿奔向金黄
秋天的阳光格外明亮
仿佛只一瞬间
时光就开始了深处的挖掘
仿佛万物之间加大了缝隙
仿佛人群中
又多出一条生活的道路

我有许多愿望
我有许多石头

在净月潭

除了谈诗，我们偶尔也谈论家庭、孩子、亲情
前两天，在酒精的作用下
我们破例谈论了爱情，仿佛
我们都曾有过痛苦的经验，仿佛
爱情与我们就是两股搏击的水流
既不同路，又
拼命地想拼合在一起

我们也偶尔看书、记笔记、聊微信
我们很少外出，我们仿佛是
奔腾过、咆哮过的静下来的海
已安于岸的陡峭，已安于
生命所赋予的任意一处归所

在一个雨后的黄昏
我们安静地步行在木质栈道上
池塘内大片大片的荷花簇拥着芦苇和昏黄的阳光
我们不停地给它们拍照，不停地
用我们仅有的词汇赞美

我们都在用剩余的生命
努力地活

在 湖 边

在这里

我可以与任何事物交谈

可以

动用任意一种情绪

而不必担心

它们会以同样的情绪报复我

初秋的湖水，仿佛

更加圆润、甜美、丰盈

绕过一丛墨绿的灌木

我就学会了簇拥

绕过一片荷花

我就学会了

即便深陷泥潭，也一声不吭

绕过一群人

我就学会了，于繁华中

如何抽身

松　针

大片的阳光

照耀着这片松林

风来时

松针一根一根地落

它们有时落在我的身上

有时穿过某一片花瓣，或是

草的叶片落在地上

风继续用力地吹

松针更猛烈地落

如果

遇到坚硬的事物

它们就折断自己

夜　晚

这一片巨大的黑色的海洋
此刻显得异常的平静
我被它紧紧地包围着
漫步在车水马龙的大街上

往来的行人还是那么多
我向前走一步，仿佛就离黑暗远一步
这么多年，所有的想法都变了
但仍然会在某个时刻
许下那个最初的愿望

天桥上，更深的黑暗像涌上来的潮水
天桥下，火车咆哮而过
我身旁走过去一群人
又走过来一群人

她们和我一样
都有着一定的隐忍
至少，我们都是
带着黑暗在前行

我已经不爱自己了

我已经不爱自己了
灵魂成了肉体的房客，咽下去的食物
一部分用来抵消这个世界，一部分
用来自我抵消

我的爱
一天比一天少
一天比一天决绝。现在
一部分上升为寂寞、孤独
一部分沦为沮丧、气馁的情绪
我屡次走向人群又离开
屡次练习着拥有和失去

我不能再爱自己了
我不能再养虎为患

风 吹 我

风吹我，风比我孤独

我像一块石头

我没打算移动身体半步

它在我的身体上堆积

仿佛它越是堆积

我就越是牢固

它既不能淹没我，也不能

吹垮我

束手无策时

它就制造出电闪雷鸣

恐吓我

风吹我，风比我

更顺从茫然和流逝

秋 雨

这个时候

什么都是节制而缓慢的

飞鸟已搬迁到别的地方

光秃的树干

都有了更加明确的指向

大地粗犷而磅礴

城市里的楼群、人群

突兀又孤独

二十年了

在这座熟悉的城市

我和太多的人

互不相识。但，此刻

我们都活在这场冰凉的秋雨中

在这寒冷里，我们都活得

执着而又恭敬

在 工 地

整个建设街都是机器轰鸣的声音
推土机、挖掘机、装载机、钻机
工人们是最好的机器

哥哥搬运石头和砖
他渴望
把楼建高，把自己变得坚不可摧
他不断地
建楼，修路，打通管道

砸断手指时
他正试图用石头
敲碎那些不断叫嚣的机器

初 冬

白杨的叶子

几乎落尽

事物简单而木讷

它们不必再纠结于流水

也不必再纠结于谁更完美

天空下的一切

都呈现出

简朴而完满的样子

寄居在广场的

成群的白鸽

它们忽而展开翅膀

从高大的塔尖侧身滑过去

忽而又同行人
扬起的食物一起飞高
再随着食物迅速落下

有的时候
我也渴望
生出一双坚实的翅膀
来代替
日益迟缓的步履

落　雪

之前
摆放绿萝的地方
挂满青果的枝头
我坐过的水泥台阶上
现在
都落满了雪

雪还在落
我继续走在马路上
它们
轻而易举地
绕过我所经历的

每个曲折之处
低低地缓慢地在我的眼前
交错、破碎

是的，交错、破碎
流逝、毁灭

在 茶 园

我们的车子环绕着山体

奔驰，那么多稠密的我不知道名字的树木

也围绕着山体在奔驰

我和每一株树木都保持着等同的距离

它们的身体里

饱含着泥土的香气

我的身体里裹着城市的喧嚣

我们都在不断地向山顶攀升

车子停下来的时候

下午的阳光、碧绿的茶园、山顶的云雾

宽阔、紧密、静美

它们包围着我们
像包围着山中的每一株植物
仿佛我们也生于山石
长于流水，仿佛我们
在人世也有用不完的爱
和活不完的命

冬日的午后

睡了很久，才有了苏醒的意识
房间里只有床头还落有一小部分阳光
我把身体倾斜过去

没有午餐，生活也不够妖艳
深吸一口气，满是寒凉与清冷

时光缓慢如弯曲的河流
有人上楼，敲开别人家的门
我房间内剩余的热气，也因此而随之流失

我起身，为阳台上的花浇水
给笼子里的兔子喂食
仿佛我从中
也获得了充足的水分和食物

如　来　寺

一场大风过后
青草长高，迎春花开满枝头
在上山的途中
我尽力不去冒犯每一棵草木
也避开所有的坟墓
被笔直的落叶松环绕着的如来寺
在山的最顶端

我 们

在疾驰的车里，我望着你

仿佛有很多话要说

又仿佛一句话都不必说

车窗外空气湿润

刚刚下过的天空

又在酝酿着另一场雨

我们走在人群稀疏的旷野

跟随着空中翻滚的云朵

步入密草和丛林的深处，我坚信

我们遇到了最好的彼此

没有阳光，万物隐去光芒

嫩草泛着浅绿

没有见到想象中的杏花

沿着一条光洁的木质栈道
我们一直走
此刻的一切事物都令我着迷
此刻密不可分的我们
已爱到生命中
无须再多一物

废弃的水泥厂

在一片枯黄的杂草中
我们隐约可见一条逐渐消隐的小路
榆树粗老的枝干举着簇新的叶片
夹杂在其间的樱花
奢华而又低迷。我们一直走
阳光忽明忽暗
直到被厚厚的灰色的云遮蔽
我们异常兴奋
我们辨认着每件废弃的机器
我们看着不知名的鸟从高耸的树干上飞离
我们尽可能地保持着
"废弃"这个词在我们内心的神秘
废旧的告示牌，压路机，汽车，铁轨

使我们对它的想象变得无边无际
一切清晰可辨，一切又模糊不清
沿着铁轨，踏着又高又密的蒿草
我们清晰地感觉到
尘土和铁锈
在我们身后不断地堆积

在 车 站

无须排队，轻易地就买到了票
大风干燥，步伐缓慢
在候车室
太伤感的事，我们不提
太高兴的事，我们也不提

你挥手，我点头
你再挥手，我再点头

你转身，我挥手

雷 阵 雨

好像有着无尽的欲望，又好像
一点欲望也没有。房间昏暗
雷声一阵接着一阵

腹部疼痛，洗完你的衣物
手指冰凉。雨滴又大又急
玻璃窗上，水汽迅速流淌

这世上的任何一物
都避免不了奔波之苦

绊　倒

绊倒我的事物太多了
之前是山石、河流、悲伤的事、绝望的话
现在是你

我有时头痛，有时胸闷
有时迂回在与你共同走过的路上
此刻，树影巨大，阳光浓烈，微风柔和
我身体披满阳光
可我还是不能释怀

相　信

电闪雷鸣之后

你发信息给我

我整理衣物

站在窗口看雨

风用力地摇晃着建筑和树木

仿佛万物都已变轻

雷声迫近时

世界尤其安静

我开始变得不安

但很快，雷声远去

雨滴缓慢

我相信，这世间

即便再卑劣的事物

也有它的慈悲

三角龙湾

我们走在水的一侧，碧蓝的湖水

泛着细小的波纹

草木、湖水、风以及浓烈的阳光

都在隐秘地生长

许多事物在风的吹拂下

逐渐变轻。有时

我们需要站直身体踩住一块摇晃的石头

有时，我们也需要弯下身躯

躲过蜿蜒低矮的藤蔓

被风吹过的万物必定被雨淋过

必定在晨昏间

逐渐变旧

就像现在

天气闷热，人群烦躁，云朵被天空压低
树木稠密，阳光稀薄

七月过半，有些花朵早已结成果实
有些果实早已腐烂

我的世界狭小而又安静
这些年我过得很平和

梅 河 口

我有疲惫之身，仿佛
从未得到真正的缓解
它使我变得越来越低
越来越不可靠
在去往梅河口的路上
我靠紧车窗，在两旁后退的
连绵的大山之间
我仿佛有所依附
又仿佛飘摇如浮云

草木漫山遍野，车子飞驰
在城市与城市之间
密集着
无数的云朵和蓝

我敬畏更蓝的梅河口
敬畏高耸入云的万佛塔和
一望无际的辉发河，敬畏
返程中，我们身后的
万家灯火

未　知

在吊水壶，河水缠绕着群山
木质栈道上铺满了细碎的光斑
越走树木越加茂盛
河水清澈幽深之处，我会探出手
于水流的湍急或者缓慢中
选择与我相似的一滴
山石密集的地方
云朵尤其雪白
风和雨都会减少
对于忽然暗下来的天空
我常常措手不及
而于夜色中不断加黑的树干
不断闪烁的群星
都要比我
对这个世界更加宽容和热爱

初　秋

密集的荷花，稀疏的云朵
都在水里

秋日的天空，比我想象的要深远辽阔
高大的白杨墨绿的叶片泛着
微凉的银白色的光泽
人群忙碌如蝼蚁

我对此
早已无动于衷

那 些

只能靠着窗子
看夕阳从窗前一点点的消失
我想看见更多的事物
或者被更多的事物所看见

但一切都会消失不见
那些黑暗中的
在灯光亮起来的时候

我会更加热爱
那些明亮中的
在毁灭之后

盼

公园里甬路的一旁

一棵干枯的树木举着几片发黄的叶子

在风中不停地飘摇

我裹紧风衣

往寂静的湖面投细小的石块

看浪花起落于瞬间

在人群中缓慢地穿行

盼冬天快点来到，再

快点过去

落 叶

我陷入这皎洁的月光中
会突然地沉默
或者突然地烦躁起来
飞蛾中的一只
朝向玻璃窗最明亮的部分
猛烈地撞击
我快速地伸出手
在玻璃窗的内部
试图挡住一部分光线
企望它因为面临黑暗而转身飞离

但它仍继续撞击
像落叶
撞击着大地

囚　禁

更多的时候

我被自己囚禁着

像大地囚禁着草木

体无完肤的时候

避开人群

荒芜更能治愈我

山水之路都太遥远

我愿被一座小城所囚禁

过足这一生的

孤寂与冷清

慢慢暗下来的天空

河水还没有结冰的迹象
但梧桐已老
荒草遍布旷野
云层一阵比一阵加厚
许多事物我看不见它，但它们也在
不断地被时光磨损
不断地被风吹散，聚合
再吹散，再聚合
我的身体里一直有一阵风
吹拂着我
一天比一天更俯首于大地

秋日的每一天都在变短
提前暗下来的天空
多么令人惆怅
此刻，没有一片树叶留守枝头

但那种巨大的浩荡
我还是不能忘

秋天之后

多少个秋天了

开花，结果，像一场大病即将袭来

阴晴不定的天空

不久之后就会飘雪

就会冰封住所有的秘密出口

天空低到不能再低

但不会有雷声和闪电

它会继续荒芜

寂静也会长期覆盖于此

十　月

十月，一切事物开始变得温顺
鸟鸣稀少，道路越来越窄
但我依然不得不必须
穿过清晨的霜层
完成每一日平淡寡味的生活
能触及的事物越来越少，我
早已屈服于生活的无望
每一个干净的日子
在眼前展开，合拢
再展开，再合拢
一场雨后
万物变换色彩
人间平添无数的冷

从未停止

每一次欣喜和悲伤，
都是自我怜悯。

雨停止之后，
就是一场又一场无边的雪，
之后又是雨。

大地从未停止对人间的馈赠

夜　晚

更多的落叶铺满大地

风沿着路面不停地吹拂

每颗跳跃的星

都散发着暗淡的光

我对此并不感到失望

黑夜交织成一片密闭的森林

我需要这无形的盔甲

更大的风推送着我

高大的建筑

比任何事物都要寒凉

这寒凉

很快遍及我的周身

雪

并非我急于辩解
只是风吹了一遍又一遍
只是叶子落尽
我早已没有了飞翔的愿望
最冷的时候
大雪一场接着一场
如我一般偏执
从天空落下
又重新返回天空

无论多荒凉的日子
我都能平静地过

梦

田野覆盖着厚厚的积雪
荒草又开始新一轮的生死
鸟群落下后，雪上就有了鸟的足迹
看不见风，但万物都沉浮于风
雪花泛着晶莹耀眼的光
冬天才刚刚开始，我就盼望着它
快点过去。叶子落尽
枝头已别无用处

站立，暗涌的寒冷的波涛
透过棉衣的缝隙
侵袭我

我害怕寒冷，害怕失去
害怕太多的黑

梦中，我和一些树木交谈
仰躺在草地上，看密集的灰黑色的云朵
悬浮于我的头顶，再飘过

并非如此

夏天已经消逝，冬天也会消逝
再走下去就必须要有直面生老病死的勇气
温暖和寒冷
都需要用嘴唇去碰触
前进或者后退
都易使人变得浑浊
我走在布满冰雪的路上
寒风穿过身体

也并非如此。更多的时候
我也会得到阳光的护佑

走 下 去

非河水断流，冰冻是更好的续接
那些细小的虚无的尘埃
更多的时候不是擦身而过
而是发生了碰撞
有些爱恨，我不想承认

再走下去就又是春天
再走下去
我的意志也不会受任何事物所操控
再走下去，走远
一场风雨过后
还是一片尘埃

祈 求

冬日的气息逼迫着我
把自己包裹得更加严密
天气阴晴不定
大地也随之更加僵硬起来
我越来越害怕于疲惫生活中
丢失掉现有的自己
更加害怕
未来的自己
会丢失掉于疲惫中生活的信心

我祈求一些悲伤在文字中
终会变得绝美
我祈求，草木一秋
缓慢于人生一世

静　物

许多事情无须答案
只要静静地活着，一切到来虽然缓慢
但终会明了
房间内灯光暗淡
我想看一本书，但我只喝了一杯水
有的时候
我感觉自己已足够衰老
已等同于
大地上的草木与房屋
已倦于
任何形式汹涌的讲述

完　整

更多的光从夜晚的窗口浮现
密集的黑使夜晚更加荒凉
相对于诉说
我更习惯于谛听
当风吹旷野过
绵延无尽的表达就已开始
树木仍旧是树木
我无须为它重新命名
草是最虚弱的植物
秋后一阵凉风
它们就老得不再那么好看
河水既不流动，也不停止

它在碎石间蛇形穿梭
铺满荆棘的路
蜿蜒曲折后
终会
通向这个世界
任意一处笔直

我 们

现在是雪，春天之后
天空又会把它还原成雨

还原成山水秋色。我不在其中
最好你也不在。我们都有各自的山水和白云

我们保持着温热
谨慎地维持着内心细微的平衡，至于未来

是很深很深的一次沉睡
才能完成的梦

自　己

停顿了很久，像是准备把每个时刻的自己
做一个完整的拼接，又像是
在众多拼接中
努力地
找出那个最正确的自己

生活扰乱了我
有时我很渺小，有时也很强大

现在
我既不及蝼蚁一只
也不及微尘一粒

碰　撞

无法判断接下来的风势
断断续续的小雪
消磨了整个下午的时光

透明的玻璃杯
迟缓地蔓延着微温的水气

这也是生命中重要的事
我迷恋于天空的寂静
我庆幸于
除了我
谁也读不出它内部的撞击

雪

下过雪之后，空气更加寒凉

无尽的旷野

我从一个黄昏来到这里

再从另一个黄昏返回。不仅是我

那些虚无

也在奔波

花朵皆已凋零

灰烬覆盖着灰烬

剩余的光，全部来自雪

我必须借助雪的光亮

短　暂

晨起
霜花印满玻璃
我与外界
又多了一层冰凉的阻隔
许久以来
我认为自己已经小到无法再小
那些潦草的无端的悲喜
那些目睹的又并非真正的事实
这些年，内心的波涛从未停止
但我不会
再次产生绝望的念头

这个春天

细碎的雪粒落在头发上
一部分仍是雪
另一部分化作水从发根到发梢
一滴一滴落下来
天色阴郁
树木微鼓的芽苞清晰可见

冰冷中
我缩回半空中
去摘芽苞的手
这是一个逐渐苏醒的世界
但我从此不会再动用体内的江河

我只满足于活着
只满足于
父母健康，女儿平安

谎　言

沿着语言的捷径

我们总能辨别对方言语之外的用意

它以我们看不见的速度

抵达对方

有时它过于急速

有时

它又过于迟缓

时间到了，我们就去阳光下

我们是甜蜜的两个人

时光总是具有令人不易察觉的偏差

我们也是苦涩的两个人

但我们依旧开花

四月过半

刮了几天的风还在继续
还有些寒冷，还是不能获得平静
一整个冬天，枯荣之间
一闪而过

我们感受过彼此的冰冷
也感受过彼此的火热
渐渐地懂得了理解宽容和满足
渐渐地懂得
把自己变小

一些事物比风更早地飞了起来
嫩草爬满静寂的荒野
桃花开满路旁的枝头
它们不断地
给这个世界
提供着
每个人需要的温热

迁　徙

阳光过于浓烈时
我只能低头，但若想看到更多的桃花
仍需仰头

我热爱春天，像热爱爱情
我喜欢大地一夜间变绿
山水都有意想不到的美
我喜欢盛开和凋谢都极为认真
尽管没有香气，尽管痛苦，尽管冰凉
但仍然保持倔强

我喜欢内心的神秘
全部来自一个深邃而又温暖的人

鸟群从一个枝头飞到另一个枝头
雨水继续滴落于深夜
想到生活中的自己
余生所有生命
不过是
依旧继续之前的
一场盛大的迁徙

那些草木

忽而觉得自己
早已成为一个锈迹斑斑的人
忽而，又觉得
自己空白得一无是处
无论是在塔子山
还是其他别的什么地方
我所认识的植物都很有限

每一处山水都比我经历的要多
那些破土而出的草木
抱着冰冷的大地取暖
那时，我也是个寒冷的人
自身藏有一种很深的怜悯

我总是在排斥

也总是在占有

那些草木也同样长久地活在

自我忍受中

此　刻

窗外宁静
几场雨过后
天气开始变得潮湿
生活中琐碎的事一件接着一件

疯狂雨急时
想大哭一场

身体里
圈养的是鱼也是豹子
精神里
有被一切吞噬
也有要吞噬一切的暴动

想到此，我迅速地向窗外望了望

返 回

从另外一个城市返回
我有很多的不适应：
枯燥的城市，没有一点生机
每次返回
我都会从身体里努力地
过滤掉一些
与这个城市毫不相关的物质
冬天令我麻木
穿行于来往的车流和人海
我总会领受到
一股相反的力量在击打我
每次从这种气流中返回
我都是
凭着自身的另一种力量
站稳

没什么不同

走着走着就顺从了人群
我靠近他们一点，或者
疏远他们一点
没什么不同

和夏天没什么不同
光秃的树木笔直地
立在道路的两旁，经过它们时
身体里的颤抖仿佛又多了一些
仿佛它们巨大的浓荫还在

仿佛只要把身体倾斜一点
体内就会重新产生暖流
抬头，还可以看到远处
迷蒙的光亮

一个秋日的午后

一片不大的池塘边

一丛丛的芦苇，微黄，高挑，迎着风

几朵荷花依然开放

叶片已经开始枯萎

风从我身后刮过来

芦苇开始晃动，接着

残损的荷叶在水的激荡中

撕裂，漂远

水已不再那么清澈了

周围的石头上也长满了密麻的苔藓

这是一个秋日的午后

风

正撕扯着这些默默活着的

小小的生命

我也在默默地活着

在 冬 天

在冬天，仿佛

万物都已变得僵硬

马路上行驶的车子，极其缓慢

远处青黑色的山上

覆盖着薄雪，云朵

一动不动地

低低地压在山顶

雪既不融化，也不增厚

每天，我都要翻越这座山

上班、下班

即使是风吹过来

也是枉费气力

即使是风

也要踏过这层薄雪

才能奔往以后的人生

少　年

那时，我走在田埂上
你奔跑在云朵下
我们共同迎着风
你匆忙而慌乱
晨雾笼罩着远近的青山
一开始
是一些雾气挡住了我的视线
之后是泪水
我也曾有过这样的时光
也曾因为年少，而
不畏惧于这世间的任何
雾气逐渐散开
你越跑越远
我走出田埂
那是盛夏
阳光肆意而又汹涌

一　刹　那

树木、花朵、河流、铁
依然冰凉

云朵，一会儿密集
一会儿稀薄

我爬在半山腰，低头看看山下
万物渺小
抬头看看天空
万物虚无

一刹那，我抉择于：
继续攀爬
或是返回地面

田　野

大地一片苍茫
僵硬、麻木、毫无痛感
大雪一次又一次
从天空飘落
我来到雪地
在白菜、萝卜、杏花落过的地方
蹲下来。大雪之下
它们的痕迹
已无从辨认

大雪之上，万物
都只存有简单的轮廓

不是你的

你喜欢的每一天不是你的
你服用过的药物、走过的路、吃过的食物
都不是你的
你会在世上活很多年
在这很多年里，悲伤和喜悦
信仰和绝望都不是你的
你给予自己很多，也
索取自己很多
你也不是你的

你吃掉很多盐
流出很多泪
你走错很多路，也永别很多人
荒凉不是你的
但死亡是你的

冬 末

松树显得越发明亮

雪下得越来越少

阳光逐渐变得尖锐

风刮过高低不平的山坡

僵硬的土地

渐趋于松软，赶路的人

走在风中

像树枝摇摆于枝头

黄昏

越来越迟

山也有了另一副样子

只有我

还是一身疲倦

空 旷

新年刚过
内心一下空旷起来

马路上，一些人
头上顶着稀薄的雪从清晨出门
一些人，踏着泥泞
从黄昏匆忙而返

时而大雾推动群山
时而残阳铺满密林

我一会儿变得虚幻
一会儿变得真实
我有扭曲的爱
和纠结的疼

反　对

我反对冬天下雨
雨水敲打着僵硬的大地
泥泞的路
令举步维艰的人
更显吃力。人间的悲欢
由此又多了一些
我反对
我的每一首诗。反对
活在它里面的我
既不挣脱现在的我
也不与其保持一致

多么危险，它在摇动

我反对

你对我说过的坚硬或者柔软的话

如同捉迷藏

使我对这世间的猜疑

成倍加深

因为孤独

我们交谈，因为孤独，泥潭越来越深
几簇新竹，爬满虫蚁的松软的泥土
也在交谈，因为孤独

桥上，反方向吹来的风
凛冽地陷入我的身体
桥下，石头和水
都在后退

阴雨中，你收拾起晾晒的衣物
我撑开伞，默默赶路

秋 天

经过一夜的雨之后
天气便凉了起来
仿佛我历经弥久的失眠之症
得到缓冲。和有树木的地方不一样
有花的地方，阳光格外刺眼
道路格外曲折
它们的叶子比花瓣要沉重
更要经得起
寒风刺骨的疼

剔除了暧昧
牢固的东西越来越少
这个时候，只有我
外表完整
心如刀割

风

一路上，我们看到
阳光洒满树丛，金黄的树叶，驮着沉重的肉身
落入缓缓的河流。大多数的草
风已吹不动它们

我们走下车，涌入这大片的明亮之地
我们像是一群
重又返回丛林的鸟儿。愿这美好永存。愿它们
藏好身体里越来越生动的秘密
愿风永无破坏之心

而这世界，正演绎着美而衰败的一幕：
风吹着悬浮于空中的落叶
急速地下降。前行的人
又多了一层无形的阻力

落　雪

这茂盛的雪
一片不断地翻越另一片
在寒冷的冬季，它们的到来
无关于任何事物

风，令它们的抵达更加顺畅
我最爱的那片空地
也落满了厚厚的一层
细碎的石块更显凸起

这也是流逝：寒风、路人、思绪、雪
这也是爱：念念不忘的，并不属于我

我怎么了

我怎么了
怯于明亮、宁静、漫溢
喜于阴郁、荒野、蜿蜒
我身披浅蓝色的衣服，我颤抖
并纠结于黑，我吸烟
但并不点燃

我越来越喜欢床褥的破旧
以及花草树木微微腐烂的味道
越来越怕在这人生中
单打独斗

晚上，我迫切地关掉灯
并远离水

等　待

皮肤松懈，皱纹越来越多
身体里逐渐燃起风暴

常忏悔、焦虑、盲从
在被人怀疑的时候
念经

百里之外
桃花虚晃于人世
我认真等过
没有来人

也认真爱过
来人已去

这些年毫无意义

倦怠，麻木，但一直渴望更好地活着
害怕寒冷，但生活一直黯淡

这个上午，我一个人走在消融的河水边
水流泛着轻微的波纹
我两手空空

刚刚绽放的杏花林中
泥土松软而又湿润
远处也有人
如我一样，仰头，花朵映到脸上
低头，心中伤疤无数

阳光时而耀眼，时而黯淡
这些年，我疯狂地生长

这些年，我也疯狂地
厌恶我的生长

缓 慢

下了整整一夜的雨
还在继续。清晨于曚昽中缓慢到来
半夜惊醒的梦，已于醒来的瞬间
全部忘记

一个人在清晨雨中的单行线上
缓慢地行走
空中的雨和手中的伞
有压顶之重

我缓慢地躲避着
疾驰而来的车子
和被车子溅起的泥水

春 天

花朵逐渐盛开，也逐渐凋落
云朵依次排在山顶
有旧有新

风，一阵连着一阵
天气干燥，道路弯曲
草黄了，又绿。树木叠加着身影

我经过
不论说话，或者沉默
都要重新确认自己的存在

薄　暮

樱花一片一片地开
隔着一条马路对面的建筑工地
不断地传来机器的轰鸣声

暮色稀薄
一阵阵风，吹向花朵
四周树木逐渐葱绿
多好，它们屡次死而复生

多好，我们不必遭受
它们的脱胎换骨之苦

破　碎

盘子和鱼同时落到地上
盘子破成很多碎片
被热水煮过的鱼
完好无损

我俯下身，一点点
捡起细碎的残片

刺破手指的那片
具备和我的生活等同的锋利

降　温

南方的花草、树木和石头
都温热起来
北方，依然降温
风急，光线短促，没有鸟儿飞过

我坐在楼下的石台边
云朵飞过头顶，冷风
侵入我身体的各个部位
树木丝毫没有发芽的迹象

我坐在它们中间
比它们低

午 后

楼下的女主人在教鹦鹉学舌
我在煮药，沸腾的气体，颤抖的肉身
都在煎熬

一个人走在河边，反复抬头
枯木无新枝，云朵也越飘越远
可触摸到的每一处都依然冰凉
我仍旧只于梦中动情，于现世
不露声色

挤入人群
湍急、波涛、汹涌、窒息
有被大海淹没般的感觉

沉　默

活在山水间久了，就有了一副山水的骨架
山并不高，水流缓慢
云朵飘在山顶

我比它们要沉默很多
即便是大风天，万物也无法将我看透
我的柴米油盐，我的湖光山色，我的崎岖颠簸
多么平静

多么平静，山河空荡
鸟鸣虚无

植 物 园

我们漫步，这是一处新的领地

花朵不多，树木异常茂盛

草坪崭新，人群来往不断

闷热黏稠的天气

偶尔有风

乌云在我们的头顶不停地滚动

弯曲的小径

绕过树木、石头、小桥和花朵

我们随着它不断地划出优美的弧线

我们随着它

爱遍路上所有的事物

我们也爱彼此

也爱那些隐秘而美好的情绪

踩着木质栈道

我们在幽幽溪水中看到白云的影子

我们也看到了彼此
以及彼此里的自己
我们保持沉默
我们已完全妥协
但生活仍需要变得再甜一点
为此我逐渐靠近你
而远离被风吹落在地的
紫色花朵

大 雪

一场大雪统一了这个城市的颜色
寒风紧紧地包围着我，万物都在秘密地生长

没有惊雷，但雪越来越大
天空越来越低，道路被阻断，仿佛万物瞬间毁于一旦

我在雪地上留下洁白的脚印
但，很快就会消失

冬 夜

停水，停电，手机的信号极其微弱
我把鱼饵喂给鱼
也喂给猫。夜色很快包围了我
冰冷的气流犹如利刃
我沉默着，有些慌乱
我抱紧双臂，坐在黑暗里
我扩大了整个房间的空寂
所有的事物都不真实
我坚持，不清醒
也不睡去

返 回

从另外一个城市返回
我有很多的不适应：
枯燥的城市，没有一点生机
每次返回
我都会从身体里努力地
过滤掉一些
与这个城市毫不相关的物质
冬天令我麻木
穿行于来往的车流和人海
我总会领受到
一股相反的力量在击打我
每次从这种气流中返回
我都是
凭着自身的另一种力量
站稳

大　雾

一场大雾，整条街道

或者是整个旷野，露出了一张苍白的脸

开始，我以为这只是简单的覆盖

只是一个人不想被另一个人

看得真切，只是用于表面的怀疑

就像一朵花开时，我要把眼睛闭上

谢时，我又要把眼睛闭上一样

深埋于大雾之中，其实

也没什么不好。人和人再近

也看不到谁的喜悦，也看不到

谁的悲伤。恰好，又没有阻碍水的流势

也没有阻碍山雨对夜色的敲击

曲折的河道，就像我们的生活
我们必须
依附于山水、日月、草木和花朵
也必须
依附于一场大雾，有的时候
我们也需要浩渺和簇拥

赞　美

天色暗了下来
夕阳大片大片地洒落在
山顶，楼群，人海，街道
没有人群的地方，夜色逐渐加深
没有山水的地方，火车载着一群又一群人
不停地奔驰。就像一生中，总会与几件事
纠缠不清，总会有几个人
无法摆脱

秋收之后，大地上
丰饶的迹象没有了，风更加肆意而狂妄
你固执地认为，是一个人的孤独
制造了这一切。但我并不认同
我要赞美它，赞美这片刻的宁静
将生命的簌簌之声，送入我的胸口

入夜之后，彻底宁静了
再不会有什么事物
能从黑夜中挣脱出来
我也已用尽
这虚无的赞美之词

就 算 是

每一场风，都是好的
就算是不好，我也要说它是好的
活着，就要学会顺从

违背内心的事，我做的不止这一件
就算是我不说，这些生活中的小裂缝
也不会悄然愈合

房间漆黑着，地面上的脚印漆黑着
在这明暗交错的人生，我需完成
超出自我的冲突与和解

面　对

我还没有学会模仿花朵

更不会模仿石头

一度我以为

我已绝望到了

什么都不是

什么都不能成为的地步

但面对空旷而贫瘠的自己

我想到了暴雨、飘飞的云、陌生的道路

"美永远怒放于天空"

那些接近我的尘世的奢华，最终

都会成为我的孤独和寂寞

当某一刻

我从初冬的夜晚醒来，忽然看到

玻璃窗上的霜雪

忽然的一阵风

就使这个世界变了颜色

堤岸边行走着的人

给这个世界

带来了极大的宁静

整整一夜

我们都把黑暗作为交流的语言

对于奔波

我们有着各自不同的方式

面对人生，我们都知道

越是奔波，就越是

迫近虚无

野 花

不是现在，我是说
秋天的时候，它们格外妖艳
它们个个都带有波浪形的锯齿
有肉体，有骨架，有呼吸
秋天是最好的季节，这与收获抑或是
交付无关，这坚韧的词汇
一天比一天更接近我，但我并没有比谁
更切近于它。是我多想了
就这样继续下去多好，我只需专注
我在空气中酝酿着的身体
我确信，黄昏到来之前
这些空中飘浮着的花瓣和香气

就会脱离它们的生活。树上的叶子
就会变成金黄
事物就会开始变得寒凉而尖锐

更冷的时候，它们只给我看
它们的
锋刃和铁锈

入冬之后

更冷了，也更暗了
深冬如夜，事物单薄而荒凉
夜色如波浪般汹涌于窗口，一切
变得美好且虚幻
夜晚，被风吹得越来越凉
只有身体，才能放低暖

万物以另外一种方式存在
有时候，它们其中的一部分
呈现出的毁灭感，使我更加消极而萎靡
但事实是它们明亮我
一生之远

风吹过空洞的树林
就有了白雪皑皑的景象，就有了
细雨微风陡然深入的情节

虚 假

无论你怎样诉说
池塘里的水都是满的
只要你不说破，它就是满的

昏暗的灯光，飞蛾一个劲儿地向上扑
灯灭后，也不肯停下来
一直奔向满是石头的山顶

说什么都迟了
说什么都不是我想要的答案了
风，石头，树木，冷雨都是坚硬之物

我的坚硬和它们的坚硬一样
都是虚假的，都是一种生活的另外

第一场雪

须等到岁末，须等到这一年的心情

彻底平复之后，它们才肯出现

它们在突兀的树木之间来回地飞

在街道、楼顶、男女之间，在我愧疚的内心

和负疚的生活里飞

它们饱满而又空空荡荡，我喜欢它们这样

喜欢它们在我的眼前若有若无地盘旋翻滚

它们每一朵都像是肆意的火焰，每一朵都带有

我的孤傲和决绝

风轻云淡，那是之前的事

花团锦簇，那是夏天的事

静若止水，那是你的事

如今，满世界都是它们

它们太懂得妥协和躲闪了

以至于我想要用的力气都用不上

我想要流的泪都流不出来
或许这只是简单的交集和碰撞
或许只有孤独才能消绝孤独
只有寂寞才能浸灭寂寞
只有更远的路
才能撕裂这突如其来的雪

从清晨到日暮

风重新回到了树上
人群中的战栗就和它再也没有关系了
清晨和日暮，就像起点和终点
而每一日，我都要这样经历一次

花朵凋谢的地方，已经塌陷下去
还未来得及凋谢的，仍在郁郁寡欢
人世就是这么无可奈何而又决绝

再持久的爱，也只是一时
再大的风，也无法刮进每一处缝隙
再倔强的花朵，也开不到别人的枝头

生　活

这一天，我在散落的灰尘里穿梭
突兀的树枝，冗长的街道与我并存
它的突兀加深了我的突兀
它的冗长加深了我的孤寂
这一天，我一个词也没有用
这是我在生活中必要的
妥协和躲闪

我以为路走多了，就不怕活着
我以为只要一直委屈着，就一定会
成为一个热爱生活的人
但是现在，你看
掩饰和隐忍多么重要。我还有耐心
被生活一点点击破

感谢那些一直被我爱着的事物

现在我爱它们，以后也会

我没有和它们一样的一张脸

但我有着和它们一样的

开始和结束

生活的另外

这是冬天
事物停滞不前
它们不长高，也不变矮
它们
只在冰冷干涩的空气中虚晃
它们低一次头，叶子落尽
再低一次头，旷野荒芜
之前开过花的地方
果实坠落的地方
存有石头的地方
如今
一片静寂和虚无
风，此刻

才有了统一万物方向的能力
云朵所能蕴藏的，石头也能
美和善所拒绝的，我也拒绝
相貌与我相似的人
生活也与我相似
这是冬天

反正不是你

是雨或者是雪，已经不重要了
反正阳台要保持湿漉漉的样子
反正第二天我还是从这张床醒来
反正叫醒我和为我做早餐的不是你
清晨，食物，我
我们堆放在一起
就像杂草和石块堆放在旷野
窗外，风的波浪，越来越汹涌
追逐了这么多年
我还是原来的颜色
我已厌倦这种单调的表演
生活中的某些尖锐，是我新增的伤悲
反正抵消我身体和时间的不是你
你有午夜之风的
粗粝、凛冽和寒凉
我有一生之雪的惊心、刺骨和破碎

我已把自己交了出去

我一路走来经过的河流、山川、田野
你也同样经历着。但我一直碌碌无为
只有在风大时
我才会有一些新的决定
看到大海奔向礁石时
我才会有一些新的决定
而往往那一时刻的决定
又被那一时刻的时光所抵消

我依然固执地敲打原来的地方
在无边无际的尘埃中
等待有人确认。风越刮越无力
而雨水总是比风晚一步才到

我已经把自己交了出去
不论是喜是悲，我都屈服于
这漫长的人生

秋天早已结束

秋天早已结束，但我还保持原来的样子
我还是穿梭在人群，还是在固定的站牌下等车
车上还是那么拥挤，还是只要有一点点风吹我
我就会流泪

树木突兀而坚挺，雾气里
我看见它们又长出绿叶，不同的树有着不同的身影
但它们都必须和我保持统一
它们的绿在我身体里
是最为牢固最为尖锐的东西

之前从草地爬上山的人
要等到来年，才能从山上走回草地
爱和希望，都要历经
曲折和漫长

像我这样

河水干涸之后，大坝上人群稀疏
像我这样，站在这里
不急于前行也不继续追逐的人
并不多。在风的呜咽声中，我看见浪在回头
我看见从这里路过的人在回头，干枯的树枝
被一阵风吹倒，又被另一阵风扶起

消隐的花朵、雨水、浩浩荡荡的绿
也在风的另一面遍布，这是我的悲伤
我还不能置身其中
我还有满身尚未融化的冰雪

更多的时候，我会把自己
想象成简单的事物
想象成水
并向大坝慢慢倾身

在 云 南

在云南，我看到最多的是树木和云

在山顶，伸手就可以触及的事物

太多，太多。在山顶

我矮的像一块小小的

仅具有挺拔意义的石头。野花

开在石缝，成为石头最坚硬的棱角

成片的树木遮蔽着成片的阳光

成片的草举着成片的树木

在云南，如果不能成为一片云

那就要成为一棵树，如果不能成为一棵树

那就一定要成为一株草

在云南，没有什么比月光更为皎洁

洱海不能，玉龙雪山不能，诗人也不能

在四平，我有最简单的名字

最宽阔的爱，最萧瑟和简朴的人生

十 一 月

我已慢慢地接受这寒冷的气息
就像慢慢地接受离别、不喜欢的事物
颠簸的生活以及内心各种情绪的涌入
我已经慢慢地接受
在风里摇晃，接受在自己所喜欢的事物面前
不动声色。我的沉默
像这座冰冷的城市
有凝固的静，有摧毁一切的静

云朵变得越来越轻，它们翻越一座屋顶
和翻越一座山的速度是一样的，它们与石头之间
和与我之间的距离是一样的
看不到云朵的时候，我就看石头
看它内心里拥挤的风雪

这个时候，闪光的东西并不多
水藏在冰面下，徒有汹涌之势
或许这才是事物本身的样子
或许我就是这样一头扎进生活里的

我不可能比雪更干净

雪，已经下了两天
这些从空中坍塌下来的细小的白
铺满整个城市，它在我的生活中游移
我忽然间有了缥缈感，开始不确定
它们穿行在铁轨上时
比火车还快。它们不断地闯入丛林
不断地陷入深渊，这些被生活酝酿过的冰凉
那么孤独和绝望

孤独和绝望，那么有限
美，那么有限
我的力气那么有限。这么虚张声势的雪

这么粗粝的夜晚
都在做着超越自身的付出

我不可能比雪更干净
不可能比雪更爱这个世界

过 客

经过山顶时，云朵只是低了低头
就有了人间这场雪，就有了这冰凉的迹象
叶子早已落尽，不论树木，草，还是花朵
都在蓄积根部的力量，都在与蓝天保持着
微妙的平衡

人群像是一个巨大的漩涡
盘旋，错节，纠缠。不论妥协或是抵抗
我都能看见人影婆娑，都能看见这其中的另外

雪花沿着城市的路线，不论前进或是倒退
它们轻轻战栗的身体，都一直在下降
更多的人，也在人群中下降

我们于人世，就像
雪花经过天空

我所选择的，并没有选择我

那件注定没有结果的事情，我依然坚持在做
多么奇妙，我越来越爱那些不确定的事物
越来越尊重缓慢松弛下来的生活
风，瞬间狂野起来
哀叹中带着战栗

我所选择的，始终没有选择我
但这只是生活的试探，而非
真正的结果。我安静地活着
尽管不断地露出阴影和破绽，尽管
一转身已人到中年

如果一转身，就能遇到我选择的
到那时，我要活得慢点
比现在要慢无数倍

沿　途

旅途中我们变换着车速

也变换着心情以及对各种事物的看法

对于未知，我总是抱有最大的希望

车子沿着哀牢山的斜坡前进

这是我见过的最高最大的山

这里有没有限制的自由

有草随着风的来势倒伏

我们是没有限制的一群人

我们一起扑向一块温润的草地

它诱惑的绿，漫山遍野

满山的树木，共生一根，而我们

就像一朵朵虚飘的云

而真正的云，是很高很高的夜空

是很远很远的洱海

冬天的河流

雪，落在我的身后，它带有
足够的寒冷，在我走过的山路上盘旋
它不断地扩张侵袭的地域
它占用了我和万物之间的缝隙
它在我们之间来回厮杀
我不躲也不闪，它落满我的周身
就像是我的身体溢出的小小的水滴
不久它们就会消失，就会被风吹得
一无是处
但至少，它们打开了我
至少它们有大海一样的
撤退的姿势。至少
它们有根，有落叶，有果实
像我的命运。但在生活中
我过于妥协和顺从

过于沉溺宁静了
光滑的时光，瞬间变得无法把握
但夕照还是那么好，大片大片的光芒
清澈而温暖，它缓慢地流进旷野，就像
一条大河涌向虚无

石　头

它的棱角，那么多
与我对峙的角度，那么多
它不奔跑，也不静止
像一个人疲惫的躯壳
一只蝴蝶寄居在此，并与
风雨早已形成统一的阵势
这是一块巨大的石头，它生长于湿地
在人世，它和我一样
已陷得足够的深

它所能带来的，有时雪也能带来
但它终究不会形成果实，在山顶
抑或旅途中，它和我一样
只能在一定的尺度里活

捶打之音，如同深邃的叹息
而裂缝，才是它的本真
亦如我，生活中的颠簸

虚　构

对现在的自己
不满意的时候，我就会
虚构出另一个自己来
但是，它还是不够完美，它还是不能
跨越现实中的我，为所欲为

它在我的身体里移动
制造生活中的快和慢，制造波澜
也制造安静，它使我变得复杂而尖锐

我看不见的，它都能看见
我害怕的，它都不害怕
这些年，与它的对峙中，我
又暗增了许多伤口

辽 阔

选择赴远，是因为一生的辽阔
还不够，还要补充些山水和人

当补充些山水和人，还不够的时候
我就补充些孤独，或者是可以代替孤独的事物

而雪的辽阔更是有限
它只能走向比我的低还要低的低处

它只能悄悄地生长
它不能超越我

剩下的冷

这个世界总是一分为二的
比如一分为二的黑白
比如一分为二的男女

我已经厌倦，我是说
我已经厌倦了你所说的那些一分为二的话
情绪总是被生活中的细小所牵制
我不向这个世界致敬
我只向活着的人们致敬
总有些什么，是活着的我们
必须经历的

风从北面的窗子刮进来
这一分为二的风
将一部分冷带进屋内，剩下的冷在游移
剩下的冷
就像是活在这个世界上的
剩下的人

十 二 月

雪越下越大

在路上，行人和行人之间，行人和车之间

都隔着飘飞的雪花

这条我走了将近二十年的路

还是那么干净，路旁还有那么多树木

举着光秃的枝干，对峙于雪

城市很简单

繁华的中央大路，只有雪在飘

只有我一个人，敢

顺从它的孤独和寒冷

寒 冷

再过两个月就是春天了

那时候

树木僵硬的枝头就会泛绿、开花

有些绿会涉及大地、河流和山脉

有些花，一开始就是蓓蕾

而有些花，需反复数次

才能爬上枝头

现在

风从什么地方来

雪就从什么地方来

雪并不会持续太久

而寒冷

一直抵消着

冬日里的时光

这 一 年

那些年没有去过的城市
这一年，依然没有去
依然生活在一个没有火车的小城
生活中，手足无措的时候
就坐到一块石头上
与这坚硬，对峙

这一年，我走得太慢了
被影子覆盖的时候太多了
以至于，我一度成为一个
没有生活的人

这一年，周围的事物
越来越旧。我与自己持久的较量中
偶有小胜

为一个
没有生活的人

这一年，周围的事物
越来越旧。我与自己持久的较量中
偶有小胜

习　惯

我习惯回头看，从船底翻滚出的朵朵浪花
它们沉迷于对船只的追随
它们不像我，焦虑，沉闷，无动于衷
这是在船上

我习惯回头看，与车擦肩而过的风
顺便也擦过我的牙齿，头发和手臂
它不像我，空荡，落寞，幽闭
这是在车上

我习惯回头看，身后的女儿一点点地高过我
她依恋于母亲这个词
她不像我，狂躁，晃动，偶尔情绪坍塌
这是在人生

我习惯于这样的感觉：

我在无限地缩小

我的女儿在无限地扩大

无 法

有的时候，身体里的一些情绪
无法摆脱。尽管
它是荒谬的，畸形的，有破绽的
它偶尔攀上我身体里的高山
穿越迷雾。偶尔潜行于皮肤和衣衫间
一闪而逝

可以一个人狂欢，也可以一个人
历经黑暗。但有一点是确定的
对于这些暗淡的时光，我无法
像对爱和美那样亲切

秋风纠结于流水
叶子瞬间飞离了枝头
它们一片一片
仿佛没有尽头。我无法和它们一样
我在一条山路上
专注于我颠簸的行程

卧 龙 湖

车子的速度飞快
车窗外，每一棵草木都迎着风
偶尔也有风偏离草木，而
吹向我。繁华和枯萎并存
有些草早已没有了绿意，有些花
越开越深。被风一点点吹散的云朵
一再飘移，不断弥补着天空的缝隙
我仰望着它们，身体里有小小的
起伏的颤抖

湖面比我想象的宽阔
空气潮湿而温热
海鸥簇拥着湖水的微澜

我始终不能更好地拍摄下它们
不能更好地拍摄下
整个湖面的孤寂

来自天空的，除了海鸥
还有我的思绪，这一切
令我豁达，宁静，并
屈服于自身的软弱
船上的我们，像一只只灰色的鸥鸟
船下，湖面出现伤口
又迅速愈合

在此之前
我与卧龙湖毫无关系
在此之后
我学会了它安稳于世的
小而坚韧

秋 夜

还是那么茫然，还是远处

最先熄灭了灯火

浓云早已散去

而雾

又重新席卷而来

秋天就是这样

一切事物

都显得浓郁而张扬

低垂成熟的果实

从繁华中抽身

它们正高举表情

走下台阶

而我

只能在自己的身体里

低头迂回

徒　劳

那些开在枝头不能结出果实的花朵
是徒劳的
那委屈的明亮
那倔强的不肯低头的香气
早已成为废墟，早已被风
一点点地肢解掉
落荒为草
比藏匿于崇山峻岭中
更为安全，但那是徒劳的
我无法和它们对等起来
无法使人们对我也产生
相同的敬意
一个人的孤独，有时候

和风有着绝大的关系
但更多的人
会用更多的时间
攻占自己，制造出更多的
背叛和逃离事件，但
那是徒劳的

秋　深

天气愈发寒凉，从夏季到秋季
"我站在凛冽的事物中间"
比以前更加寂静，但
不是每一种事物
对我都会有着捶打的力量
这条洒满细碎阳光的小路上
偶然间
几片叶子从眼前消失
当我无缘无故地回过头来
风便迅速将我完全覆盖
温和的光线中，我摊开的手
萎靡的眼神，飘荡的心
穿行于枝叶间的缝隙
我如一座微小的岛屿
我不能绿到秋天那么深

特　别

时光紧紧咬着我

给我欢愉

苦痛、麻木、胆怯、自由、隐忍、生死

而我是毫无价值的

特别是在我低迷，固执，坚硬的时候

现在，剩余的时光

切割着我

这人生的悲凉，这现世之痛

我不愿一再判断我的人生

不愿在潸然泪下时

还要经历冰凉

不愿

用一点点的得到

抵制永远的失去

特别是你

远　方

我一直错误地认为
身体是比海水
更为纯粹的水。错误地认为
你以为的远方
就是我在的地方

而你向往的远方
有吹奏，有颤抖，有喑哑，有闪耀
有波涛汹涌，有摇摇欲坠
天空像一条遥远而寂静的街道
我确信，你爱它的黑暗
而非明亮。对于我

秋风逼得太紧了，你连
说出谎言的机会都没有

那 么 蓝

从你嘴唇发出的气息
那么蓝
那么短促
那么微小，那么疲倦
那么不堪一击
你笔直地站着
经历着黑夜的波涛

你身体里的花瓣
那么蓝
那么准确地就击溃了我
我具备落叶之秋的特点

我被深深地划伤过
但我细小而尖锐
成熟而饱满

"我不能继续说下去"
我不想成为一个绝望而无助的人

九　月

到现在，我还是没有明白
为什么我去过的地方
越来越使我感到空洞、模糊、困惑
越来越妥协于它们带给我的
各种情绪。九月，我
一无所获。而旷野上
草会被风一点点地吹灭
再吹亮。一条大河
从我身边缓慢地流过，就像
另一个人正经历着我的一生
所有的事物都是慢的，而我的时光
过得太快了。我还没有像大海那样
像丛林那样，像铁轨那样活过，我女儿的个头

就超过了我。秋的叶片就已垂落
风总会将一些无形的事物
不经意间送达。时光湍急，我只有
埋下头，大口大口地吞咽。从而
缓慢地变老，直到生命里
空无一物

我不能肯定

秋风送来了什么
我不准备告诉你
但是，我想告诉你
枝条仍停留在风中
我已深藏于绿
空荡荡的黄昏
风声很高，它时而
澎湃，汹涌，荡漾
时而，触摸着草木的叶片
我不能肯定
我会将我一生中想得到
而终不能得不到的
"怎样散失于我的漫长中"

秋日之后

如果还来得及
如果树上的果实
已经历了足够的岁月
如果电车在我眼前
停一停再走
我不会对你这么怀恨在心
好在，之前你对我的好
已贯穿我的一生
现在，我想安静下来
雨，从春天到秋天
一直在草地上流淌
现在，它有了更多的去向
秋天很快就会过去
再不会有叶子从枝头掉下
再不会有人群从树下经过

所　有

秋天就这么过去了
我这里下起了第一场雪
叶子一动不动
风，吹灭了所有石头的锋芒
此刻，在山底或山上
是一样的
只有聆听
接近，融合，成为

于无边的尘埃中
我只是其中的一种

旅　行

风，终于扫平了一切
我不会再担心
我的花，开着开着就开了别的土壤
也不害怕
我的花香，会带到别人的身上

一切事物依旧在缓慢地移动
前进或者后退，怒放或者枯萎，闪现或者消失
生或者死。我喜欢被收割后的旷野
就像某一时刻被攻陷的自己
有时，身在其中
我就像是一株最好的谷物，最好的一朵云
最清澈的一条河

这一生，除了劳碌、奔波
没有别的事可做。好长一段时间
我都以为
我的生活得到了改变。而实际上
喧嚣，疼痛，交缠，凋零，呼之即来
现在，我低下了头

多少年了，我一直走在岔路
我就像是一团乱云
终会在风的吹拂下
流着泪，说出
途经的全部

沉　寂

马路是沉寂的
大海是沉寂的
人群里
或交谈，或倾斜，或暴怒，或低迷的人
是沉寂的
这让我有些慌乱
我在树木间不停地
来回行走。仿佛
身体只有在磨损中
才不会沉寂

英雄广场

凡是在春天可以萌发的
就都可以在秋天枯萎、凋谢
走在宽阔的英雄广场,我看见
一只风筝刚一出手,便无功而返
我习惯性地停下来,看它
如何拒绝天空、手臂
远方和自己

被修剪得整齐的灌木丛
依然茂盛、翠绿。那绿
仿佛永不会静止
在雪还没有到来之前
它们还可以捕获很多东西

风，经过荷塘
或者高高的树梢
就是一片荒芜

小径上铺满了金黄的落叶
我知道，每一片落叶
都是一个秋天，每一片落叶
都像潺潺的流水一样，漫过
生活的石头，而
每一个我，都是
岁月手中颤抖的风筝

夜　晚

我能够听见轰鸣的海水声
一直撞击着黑夜的彼岸
夜色越来越深
但不足以深入到缝隙
空中密集的星星
是美好的事物，我爱上了它们
但我，必须归于沉寂
此间，会有风声不断地插入
会有荆棘刺入身体
代替我的呼吸

触摸着飘飞的落叶
慢慢地看清它的颜色

饮下它的味道，走进它幽深的秘境
漫长的夜晚，一切卑微的生命
都能暂时得到平静

城市，像一张巨大的网
交织的灯火，沉溺于黑暗
这蓝色的微弱的火焰
在即将到来的冬天
都将身披白色的霜雪
黏合季节交缠的根

在秋天的末尾

我们像水流一样，汇集至此
我们穿越了所有的树木，鸟群，鱼群
也穿越了人群中淤堵的泥沙
最后,我们
不得不相互穿越

石头经过风的磨砺
已饱尝失败
细碎之感，必须要经过风的递送
才能抵达远方。不论
它对着黄昏
发多么狠毒的誓言
你都不要介意。它的身体

早已
顺应了天气，阳光和水的姿势
我们，也是

凋零之意，便是万物许下的生死
所以，我们必须
珍惜这稀世的梦境
紧紧地拥抱在一起，让黑暗和寒冷
无孔可入

说多少话都是没有用的

说多少话都是没有用的
茶已经冰凉，落叶已经漂浮于水上
风送来了
人生的真面目
我确信，下个月
雪花，就能从山顶飘下
几年前
离家出走的人，也定会
带着海的腥味回来

但是，向日葵无缘霜雪
它不接受这一切
说多少话都是没有用的

这只能让我们在生活中
露出更多的破绽

但是有些无关于它的话
我必须要说
我必须
荡空我的内心

十 月

你看，我们多像
我坐在花丛中，我和花朵多像
我走在密林里，我和树木多像
现在，我和它们
枯萎的样子，多像

十月了，可以栖身的枝头
早已落霜。成群的蜜蜂，像云团
在海面上翻滚
它们坚定而真实
但是，一场雨之后
它们必须身裹水珠
逆流而上

所有该来过的人都已经来过了
城池，车站，火车，道路
已是虚设。闭上眼睛，我有
逃离自己的念头

每个人都是一条河流

有的时候，我们从山上向下流
有的时候，我们
从山下往上流，有的时候
我们在平原、在楼顶、在月光
那些正在刮着的风，正在生长的草
正在涉河流而过的万物
汇聚并统一着我们

荆棘的两岸
使我有了触觉。但还是需要勇气
去碰触石头。天气越来越冷
黄昏的雨，拼命地击打着
铺满落叶的小路

很快，一切就会安静下来
这与趋于深秋的我们
不无关系

从来没有

什么都不能接受
但什么都是好的，什么都在奔涌
但什么都只是路过
我在其中

来自你的声音，隔日才能
成为我的
你看到过的大海、礁石、站台、旅程
在某个瞬间，奔向我
这样的事情
一连发生在几个地方

这些，我从来没有
对另外一个人提起过
我喜欢自己装作
对一切
一无所知的样子

从早到晚

从那些低低的落叶杉说起

说着说着

就说到了你的身后

从早到晚

走廊里都铺满白光

涟漪之水

已蔓延到唇舌

风，推动着滚滚落日

它随时都有

坠落的危险

随时都可能

卡在我的喉咙

而把

整个人生的荒芜

留在你必经的路上

索　取

我抓不到什么
我就必须向你
索取什么。必须
是你给我

它们之中
有一些
一定带着痛楚
有一些裹着沙粒
有一些
曾在我们之间存活过

这并不重要
重要的是，有时候
我也是它们之中的一个

并不容易

风吹过来的时候
冬天就开始了
风只吹我，冬天也是最先
从我这里开始。你看
我多像一块石头，行动缓慢
最终会在一条小河的岸边
停下。但这并不容易，事实上
我只在自己的全部之中
而非，之外的任何一处
此刻，万物颓废、隐蔽、深度
然而，这是有限的
当风再次吹过来
你就会看到葱茏、欢腾、奔涌、咆哮

我是说，你就会看到那样的我
但这并不容易
我不想换用任何身份
在每一刻的时间里，我都只是
一块石头
一座山

秋风之后

在风聚合的地方，我们也曾聚合过
我不想说出这些，但
我怀疑从泥土中生长出来的和
萎枯下去的，不是同一个
仿佛整夜整夜立于黑暗之中的
不是树木，而是我

你来不来都是好的，你来不来
我都会在秋风之后的最后一程
枯萎。但我不模仿落叶
我是确定而牢固的
在少数人中针对更少数的人

生命中的一些
早已用尽：
童年、乐趣、骄傲以及爱情
剩下的旅程，再无它们

初　冬

雪还没有来，所以落叶
要一直飘，所以
我要一直这样行走
道路两侧有多出来的空旷
有隐藏起来的绿
有无声而又狂野的意念
此刻，天地有着无限的况味
只要我一挥手
就会有一片叶子，飞过我的肩
就会有无数片雪花在空中
摇摇欲坠。我知道
妖娆一词，藏有孤独之意
而孤独之身，无非是经历了
盛开和凋谢
两层含义。之前的一切

早已全部消失

我在之前开满花朵的地上坐下

才有了更好的女子之身

才有了渴慕之心

才有了内心里

无数声音的存在

夜 雨

雨下了整整一夜
冰凉也是整整一夜
我几次打开房门，但又停住脚步
我看见屋顶、树木、道路、招牌
依然是干燥的。这使我
产生了极大的恐惧
这些潜伏在暗处的事物
这巨大的沉默，仿佛
会瞬间击溃我一生的气力
一生中总是要对阵几场风雨
总是要与自己搏击、厮杀几回
才能眼含喜悦并真正
体会了生活这苦东西

雨水更急更猛烈了
我无法伸出手去探测
夜晚的深度，屋外是一片
无边无际的水域
屋内的我
是另一片

每一天都是过去

接下来
你应该知道我会说出什么
风已吹到了嘴边

每一天都是过去
扶摇的落叶
终会接受瞬间的静止
有一天，我们也会如此
之前没有爱过的人，就当是
爱过了，没有做过的事，就当是
做过了，留给一个人的位置，要一直留着

你背对着我，从不转身
我在雨滴中排队，就像身体藏于云雾
就像我也背对着人群，而
仍不能与你面对

是一场风，顺畅了我的呼吸
是过去的每一天
使我领悟了消逝

冬 日

我并不喜欢冬天，就像不喜欢
一个人总是摆出一副僵硬的面孔一样
现在是冬天，尽管阳光普照
但花草、树木、河流与人海
还是枯萎了，蜻蜓和蝴蝶
还是枯萎了
但还是会有很多河流
秘密地流淌，还是会有很多人
隐秘地欢欣。坐在树下的人
身上的叶子比树上的叶子落得还快
秋日的雨迹尚未干透
冬日的雪片就来了
一座山坡一座山坡地落
一条缝隙一条缝隙地塞满
落过雪的地方

来年一定会开满细密的花朵
但现在
什么都不是。之前的香艳什么都不是
之前的波光粼粼什么都不是
之前我在这里爱过的人
什么都不是

我们并没有经过彼此

我们并没有经过彼此，我们只是
经过了相同的事物。草地上
一些高大而灰暗的树
是真正的实体，它们跨越了一片草地和
另一片草地。人群里，一些聚散离合的人
或握手或拥抱。人群里没有我，我
是真正的孤独者，在这纷乱的、华丽的、喧嚣的
世界里，我怜其自身的皎洁，我惜其
自身所占据的几平方米的生活
我们并没有经过彼此

再往前走，你也不会看到我
雪总是来得很快，但这一次
绿会绿得长久一些。这一次
你会看到枝头饱满的花朵裹着绿意

铺满我所在城市的整条街道。但你
不会看到我。我在山坡上，看一些绿了的草
如何涌上群山，看一些没有绿的草
如何摆脱困境。过一段时间我就会下山
但那时，你已因为花颜的败落
而混迹于更深的人群

在屋的一角或者是一张破旧的床上
你或许会看到一首很有尊严的诗
夜晚，低沉而寂寥。你读我的诗
你以为那就是我，手攥得很紧
缓缓移动的步子里，一片湿润
夜色落在了地上，地面就是黑的
更多的黑，漂泊于你的脸上
你依赖于这样的黑，你以为我就在黑里
你以为凉意是我的，你以为盔甲是我的
你以为潮乎乎的衣物是我的，而
黑暗逐渐有了高度，直到脱离了你
我们并没有经过彼此

城市和我

十八年前，我还不满二十岁
十八年前，这座城市
还没有这么多的高楼大厦
还没有这么贪婪和虚荣
它让我第一次彻底地感觉到
自己的渺小和无知
这城市的黄昏和黎明
这城市的男人和女人
这城市的气味和颜色
都是我的悲伤
十八年了，我和这座城市越来越陌生
大街上涌动着芬芳的肉体
这些苦难的躯壳
终会被阳光、空气、雨水磨碎成细小的
毫无生命的泡沫

担　心

我们攀岩，不害怕任何危险
我只担心，一朵花
一旦盛开
它的一辈子就完了
它的一辈子
就像我的一辈子一样
一生都在忍受
怒放的剧痛

一件衣服

这是一件简单的衣服

它已经简单到

不能遮风避雨

已经简单到

只能躺在衣柜里

但我最黯淡的日子，还是

和它紧密地穿在一起

我已衡量不出

躺在衣柜里的是我

还是它

一切都是有限的

但一切也都会在

合适的时间

合适的位置

活下来

花

每一日晨昏，我都能看到
高大的铁塔击打着
旷野的四壁。空气浑浊而低沉
花朵开在道路两旁，它们简单而耀眼
它们的脸，是这世界上
唯一美好而牢固的东西

有树木的地方
总会有风，它拍打着河的两岸
直逼向
那群毫无噪音的小东西
它对它们并没有任何的破坏，它只是
想征服它们

它们的优雅，是我学不来的
它们的美和安静
是我学不来的
每一朵花，我都抵不过

夕 阳

它像一个带着甜味儿的桃子
它柔软地卡在我的咽喉
夏天的空气改变着一切
之前浸泡在雨水里的沉甸甸的花瓣
顶着一大朵晶莹的雨滴
在绿色的叶片间不停地摆动，多好
过了今夜，它们就会回归各自的大脑
它们就会摆脱车流和人群的拥挤
就会躲过绿色的叶片的覆盖

它更像一只巨大的蝴蝶
它飞越高山和暗礁，它潜入海底和山谷
它在水里盘旋，在人世
承受着比任何事物都要强大的生死
水珠，风，花，处处开放

处处都是它点燃的火把，而它
正慢慢地沉入大地的缝隙

它会再次碰到暗礁，会再次碰到
在我这里碰到过的一切

在 路 上

薄暮之光铺满大地

河流更加湍急，一株株高于地面的植物

倒向自己的阴影。

各种车辆的汽笛声，尖锐而持久

你从一片天空

移向另一片天空

你在时间里蠕动，如树木摇摆着空虚的枝干

多么真实，下班路上的你

"前方不是丛林，便是沟壑"

你被另一种声音提醒

显然，提醒毫无意义

"身后不是绝路，就是深渊"

这是事实

事实，比任何语言都具有时效性
你不能开启和动摇所有的东西
到现在
你还用双手覆盖着
这张惶恐的脸

慢　慢

我是慢慢爱上人间的
这一小块苦涩的东西，偶尔带点甜
为了得到这一点甜，我吃了更多的苦
忍受了更多的疼

我是慢慢爱上一片杨树林的
这一片海啊，黑夜在此急转而下
白昼在此陡然升起
再没有别的什么了，人世
如此荒芜寂寥

我是慢慢爱上自己的
我是慢慢知道自己不是自己的

草

它是另一片海
绿色的浪花，细小，矜持
透过窗子望向这片海的人
不停地摇晃着手臂
不停地喊"喂"或者是"我来了"
大半个身子已倾斜出窗口

倾斜出窗口的还有
不远处的比草更绿的白杨的叶子
它们大片大片地叠加或者交错
它们不像我这么偏执和孤立

没有雨的时候

它保持原有的绿，有雨的时候

它比绿更绿一点，风

从木桥上吹来，又

向木桥吹去，草地上泛起的浪花

缓缓地，落入尘埃

另一条路

我也只是
走在路上的行者中的一个
我们有着一致的欲望、孤独和渴求

火车疾驶在坚硬的轨道上
飞机飞翔在柔软的云朵间
不同的高度里，我们，无声地绵延

水的流向
就是风的去处。我们
穿越它们交织成的金色的光线
秘密地驶向另一条路

另一条也是曲折的一条
陡峭的人生，不会给我们
任何捷径

拆　迁

这是一群病了的人

和病了的事物在对抗

他们善于拆，善于破坏，善于

把完好的事物弄得粉碎

被击垮的屋顶，像是砸下来的云块

多年前，生活在高高的楼群中的那个我

也随之坍塌。沉重的机器，震耳的轰鸣声

彻底地拆除了旧物、白昼、黑夜以及

所有的寂静

这要强于任何一场暴风雨

树木始终被一种意识所支配

它始终摇晃着

裸露的身体

这里很快就会变成
一片新的领域，新的人群和鸟群
新的树枝和花朵

多年后的现在
在更高的楼群中的我
仍要忍受
来自生活的拆迁

夏　日

它是最薄的玻璃，它给我
最暖的风，最深的绿以及最后的爱
我行走于旷野，我深埋于丛林
"我站着望着雨，
它使我安静"
它从我的头顶，滑向我的手臂
滴落在石头一样的大地上
荆棘中一朵花，倔强地
在石头上不分死活地盛开
我什么忙也帮不上它

它还是那样安稳，再过两夜
它就会低些，就会在一个屋顶又一个屋顶上觅食

它最后会钻进我的身体
又会在我闭上眼睛的时候
逃离出去

它经过的海滩、荒地、阴影，嘈杂，波浪……
我也已一一经过

我什么都不等

我什么都没有做到，我也不可能
什么都做到，所以我不等
所以我忧郁
所以我不钟情于人世的
任何事物。
我没有任何生存的绝技
但这
并不影响生活带给我的诸多困境
这些刀子，总是使我变得锋利

我什么都不等
"生活，从不给人多余的路"

争 吵

我们停止争吵

就像是停止从身体里搬运石头

它一直在我的身体里下坠，翻滚

直到在你我之间再次掀起风暴

身体里移动的事物

时而密集我的全身，时而像一张脸

附着在身体的表面，它是身体的

全部内容

笼子越来越窄

翅膀空有起伏的气势

我们越来越不爱

徒有一颗燃烧的心

我们坠落，伪装，相互玩弄

我们越来越相互辜负

但我们仍坚持活在

已枯死大半的生活中

等

当一场雨
退回天空的时候
整个夏天
也就快要消失了
那么
我就站在海边等
等海里的雨
落下来

夜　晚

我躺在床上
黑夜覆盖着我

黑夜覆盖着我
多么安全

旅　途

一

我紧紧地拽着行李箱
走下飞机，打的，到火车站，奔驰五小时
再奔驰五小时，我就离黄昏更近了
倦鸟归巢，无非就是如此

二

很长一段时间，我不愿意坐飞机，不愿意
尾随如潮的人流，穿梭于
城市的黑夜和白昼
黑夜，只有在绝望的时候
我才会偶尔看到
它的霞光

三

风，展开我麻木的手臂
我的双腿，深陷于旅途
我走过的路，没入黑夜
草木已深，而夜
更深

四

若不是，我们另有遇见
我不会说出这些
若不是你独自
在小径上徘徊这么久，我也
不会说出这些

五

我最喜欢
跑到山坡上，在幽暗的风里
站直
我是这里唯一的草木

六

而我
又屡次输给旅途中的
每一株草木

地 铁 里

地铁里
他在弹吉他，在唱歌
他恰好唱到了
我的伤悲

我的伤悲
足以将我撕裂
那是我
一生的积蓄

我没有看见

我没有看见

鸟如何飞离林子，也没有看见

林子是怎样停止了波涛

我没有看见

当一个人撞向墙壁

是影子最先破碎，还是

肉体最先喊疼

我没有看见

是黑夜惯于落入草丛，还是

草丛善于藏污纳垢

我一直低着头

前行，低着头

就可以向自己的生活认罪

之前，现在

之前我爱那些葱绿的
茂盛的、张扬的植物

现在我爱那些接近枯萎的
坚强的、努力活着的生命

之前，我爱用嘴巴说的话
现在，我爱用眼神告诉你

迷 恋

我抗拒的不是
风浪翻滚着通过我
穿越树丛、花海和拥挤的人潮
也不是因为一场急雨的到来
而改变我临时的
行车弧度
我喜欢坐在方向盘后
在颠簸的水洼里
或者迎着暴风雨奔驰
那是两种力量的冲击
那是耳朵可以听得见的
快感

我越来越迷恋
疾驰之后的松弛
越来越迷恋五官可同时感应的
各种感觉
越来越迷恋在打错方向盘后的
急速纠正和妥协

山水之外

天鹅湖里没有天鹅

但有野鸭、潜水的男人、垂钓的孩子

一棵柳树，枝条垂向水面

我的倒影，沉浸于水底

除此以外，整个湖面空空荡荡

浩瀚的风吹过去

又吹回来，湖面上

满是浪花的灰烬

排列整齐的松树，将身体的锋芒

指向彼此。人群

南来的，北去

北来的，南行

没有任何交错，我紧闭着嘴巴
我是这山水间
最为荒芜的杂草

我走向绿的更深处
但无法看到
它偶尔的战栗和
满身金属的光泽

八 月

我喜欢的一些花，已早早地凋谢了
我不喜欢的，正在怒放
碧蓝的天空下，遮蔽我眼睛的云朵
越来越少
远处
轰隆隆的机器正在
挖土、铺设、重新构建，但
工地的人群，新的建筑，和车流
并不能真正打通大地的血脉
这使我的内心更为空旷

很长一段时间，我都以为
蝴蝶再无花朵可栖
溪水再无河道而流
落叶再无处寻根

当一些情绪离开身体
当一些人在生命中，与我擦肩而过
我都会绝望好久
这在八月尤为强烈

风，一直在奔跑
它会在我在的地方出现，也会
在我不在的地方出现
它总会用它独特的手段
使我身体的某一处突起波澜
又使另一处
突然寂静。但我不会逃走
我会安然于
这黑色的旋涡

我 相 信

现在的雨和之前的那场雨是一样的
我在旷野遇到的那滴
就是在机场遇到的那滴
我在树下遇到的那滴
也是滴落在花瓣上的那滴
我相信，当我双手摊开
它会成为落在我掌心里的那滴

每场雨来临之前，总会有风
先动一下，人群中
有人随风倾斜
我相信
没有一个人能躲得过

现在，夜晚更加迫近了
灯光交织着月色
成为我内心的一片光芒
我相信，这样的夜晚
你也正在经历

一次出行

穿过一场雨的时候

也穿过了一片旷野

疾驰的车子

泄密了我的孤独

金黄的油菜花

像一片奔涌的海

它在我的前进中，后退

我知道，盛夏一过

一切事物

都会变凉

陌生的，陌生的人群和

各种树木

将我包裹其中

它们，终将会

成为我身体的一部分

成为我审视这个世界的
途径之一
车子开始减速
每一场雨
都对应一片土地
而我此刻
正对应着一片浩瀚的丛林
我知道
前方没有路了

我

一阵风雨过后，叶子还在动
我走在泥泞的雨水里
逐渐老去的身体
呈现出跋涉的痛感
它无数次撞击着我
使我成为一个伤口越来越多的人
使我成为一个
对生活越来越难以启齿的人

黄昏，天空更加碧蓝
那么美的夕阳，那么快
就飞出了我的窗口。它带来的是悲伤
它带走的是
更多的悲伤

夜晚并非突然袭来
它懂得节制，它一点点地给我爱
一点点地给我痛，一点点地将手
摸索到我生活的深处

到现在，我还是仰着头
对这破败的生活
还是那么喜欢和爱

初　秋

在夏的路上
还没走远
秋就来了

草依然鲜活
树木一棵接着一棵地
抛出成熟的
荔枝、樱桃、草莓、桃子……

我什么也抛不出

持　久

看到月光洒在坚硬的石头上
石头顿时有了水样的光泽
看月光从我的脸上挪开
就像看到掀开一张白纸的另一页
看到风追赶着风
我就无法停下脚步

令我感到惶恐的不止如此
野花开了谢，谢了再开
反复多次，它与我咫尺的距离
而我的身体内，什么也没发生
而旷野，已早早地
出现在了小路的尽头

闭上眼睛之后，再睁开
之前想说的话
再也不想说。这种持久的坚硬和
眩晕，使我
加重了对生活的怀疑

逐　渐

夕阳照着远处的楼群

清晰、明亮、温暖

远处的楼群里没有

寂寞、固执而又朴素的我

夜晚之后，才逐渐有了雨滴

才逐渐看到

遇见的人眼里噙着的泪水

被风吹动的事物，依稀可见

那些长满果实的树木

那些开着开着就泄气的花朵

那些追赶着黑夜的白昼

逐渐膨胀

我在它们巨大的气息里

逐渐暗淡，逐渐颤抖

而不自知

一　首　诗

需反复吟咏，才能品出它的滋味
需左右掂量，才能探究出它内心的秘密

需假设一条坎坷的路，才能抵达它陡峭的梦境
需我一斧一凿地雕刻，需你一字一句地咀嚼
才能参透它现实的悲喜

我，一个小妇人
也常纠结于生活中的琐事，也常迷惑于
恍惚的爱情，也常将一首诗
作为生活最直接的突破口

梦　境

有人提着水走过去，也有人
走进一片矮树丛，就再也没有出来
有些鸟在眼前"嗖"的一声，就不见了
有些鸟从容地在视线里，飞来飞去
这一幕，有时令我不禁潸然泪下
有时，令我欢喜不止

我很少和它们说话
我们之间保持着巨大的安静
秋风微凉，阳光透过叶片的缝隙
雨点一样打在它们身上
它们的身体温暖而膨胀
秋日之风，适合逃离和背叛

它们飞走时，我在另一座城市
我恍惚看见：一个人走出人群
荷花偏离池塘

仅 仅 是

仅仅是孤独，仅仅是
花朵失去了本来的药性
仅仅是
在镜子的反面
见到了隔日的晨曦和黄昏

被风徐徐吹来的夜晚
卷着分散的雨滴
奔往站台，新华大街，贫民区，工厂
仅仅是瞬间，整个城市
湿漉而泥泞，而我在意的是
秋天，才刚刚开始？还是
已匆促结束？

我去过很多地方，但
云南、北京、上海、苏州
在这个夜晚
加重了我生命的深度
仅仅是
这几个城市而已

宁　静

谈到宁静一词，我们就
都沉默了
我们保持着一样的姿势
我们向更远处倾听
火车穿梭于风声
溪水流过矮山又流向树丛
我们藏身于更深处的埃尘
我确信
我们每走一步，都会惊起
一片宁静的鸟鸣
我喜欢
这需要耗费更多生命的宁静
也喜欢，它有：
花朵脱轨于枝头
灵魂驶出肉体站台的危险

爱

每每想到以后
想到老，想到病，想到死
我就会
特别地
爱我的现在

每每想到花朵枯萎
想到它瑟缩，低迷，颤抖，萎谢
我就会
收回我探秘的手
爱它紧紧挨在一起的香艳

每每想到黄昏
想到山水漆黑，树木黯然，人群混淆不清
我就会
不知所措，就会爱
这一场迷乱

所　在

低处，花团锦簇的样子
早已没有了。随风微微飘浮的叶片
逐渐泛黄。我不去想象它的枯萎
不去想象它枯萎之后
这片土地，会不会变得更低

对面的山上
长满荆棘类的植物
一条小溪从一片海域中
流出又流回
就像我每一天在人群中的
开始和结束

这是它们的所在
亦是，我的

它们的名字叫秋

它们，不仅仅包括每一朵花，每一棵草
每一座山，每一条河，每一个人
也包括每一朵花的凋落，每一棵草的枯萎
每一座山的倾斜，每一条河的断流
每一个人的颓废
它们看起来神秘而深刻
陡峭而曲折
它们的叶子由绿到黄
相互混杂。我接连在几个城市
遇到同一个人，接连几次
对同一个人说再见
但是现在，凋零的秋日

使我什么也说不出

乌云悬于枝头

白色的雨滴瞬间刺破夜幕

更深的秋意

迫近于我

改 变

更急的风出来的时候
偶尔能够听见树枝断裂的声音，偶尔看见
一朵花将头靠近另一朵花的胸口
我反复做着一件无法改变的事情

一场暴风雨过后
两只蝴蝶从险境中飞出
它们围绕着我白色的衬衫舞蹈
它们望着我甜蜜而诱人的身体流泪
它们扇动着翅膀
一会儿比一会儿低，一阵比一阵远

近处青石、碧草、野花、溪流、山峦
显得突兀而静谧。车子驱动的时候
仿佛生活瞬间发生了改变

待跋的双脚充满了奔驰的力量
后车镜里
一片虚设的海和一阵狂风正在相融
方向盘后的我
一个疼痛过的人
不知所措

瞬　间

直到最后剩下了它
直到小小的花园中所有荆棘类的植物
都被我拔光，直到
我的手上扎了刺，有了伤
事已至此
我假装沉迷于这痛的快感

有时候
我喜欢事物在眼前转瞬即逝的
绝望而凄美的弧度
喜欢它们在我身边稍做停顿之后
留有的旋涡。喜欢蜷缩于生活腐烂的局部
更喜欢热浪般滚滚于生命
但更多的时候，我偏爱于这人世中
某些小小的失望和微微的苦涩

整个上午，我都在一盆花的附近
看它瘦小而美艳的影子
被一阵一阵剧烈的风掳走
它把它的香气和温热带到更远处
留下冰凉、浑浊、洼地般虚空的壳
顿时，我有一种强大的抽离感
瞬间没有了锋芒

姐　妹

我们谈到了远，谈到了
一望无际和一无所有
谈到了谁也不离开谁
谁也不抛弃谁。忽然
一片黑暗穿过大脑，水花
击打着骨骼，飘出身体的雪
迅速枯萎。瞧
你在织着一件没有人穿的毛衣
我在一首诗里屡次陷进泥泞
我们，谁也不比谁好过

我们习惯于一些既定的生活方式
我们习惯于被生活戳破后

相互嘲笑，厮打，赌气
我们的哭声微弱，我们的爱博大
而没有节制

如今，我们各居一市
我触摸着你虚空的白衬衫
那些虚妄的美好
震撼着我，折磨着我，撕扯着我
姐姐，我已经学会了
拿生活去赌

经 过

我的身边，我的周围，我的远处

不同的事物在以不同的方式

经过

我缓慢地从一块石头上起身

这尘世，有时候

容不下一个人的悲喜

正午的时候

所有的花朵都把头

转向另一侧，我低着头

把身体里的时光藏好

黄昏

我看见一条河经过另一条河时

没有涟漪，没有浪花，没有相互撕扯

只有满地碎片
逐渐暗下来的天空
变得寂静，灌木丛变得寂静
几尾鱼变得寂静
经过它们时
我有被强烈地撞击
和摧毁感

驿　站

我坐过的地方就是我的驿站
我坐过的地方
我说过很多的话
缝隙仿佛一直存在
从路的这边到路的那边
从这辆车到那辆车
从生活的某种小习惯到
不动声色的欲言又止
我一直隐藏的，风一吹
就暴露无遗

我看到过的地方就是我的驿站
楼道里穿着黑色蕾丝的女子
面孔与我相似
我们打赌，我们数星星

每次，我最后数到的
都是自己

我爱过的人就是我的驿站
我爱过的人一个比一个滚烫
我爱过的人不仅仅是月光，还有
偏激的鱼群，影子的制造者，迷离的玻璃瓶
但我最爱的，还是来自身体里
偶尔的
小小的震颤

夜　雨

最初它只是个小的阴影
逐渐扩展成大的阴影
它从一片片的云，开始变成
一滴滴的雨
它穿梭在巨大的山谷里
来往于浓密的森林
它砸在夜晚的光线上，砸在
下晚班的女人的头上，砸在
酒醉的丈夫的脸上
它从不砸向我，它不及我的骨子
更冷，更硬，更黑，更荒野
它每一次抛出身体
都是绝望的
我也常有这样的绝望
我也常常把自己活生生的

抛出去。有时
她落在一棵树上，上下跳跃
但并不欢乐。有时
她落在我的不远处，我看着她挣扎、垂死
我渴望和她彻底地断绝
但往往我都是徒劳的
我依然被它统治着
身体的每一处

闲 游 记

刚刚看过的，正在隐去
刚刚隐去的，还能看见
我在船上，拨水，抚琴，看船尾的人
几个喜欢读书的，也喜欢听琴
他们看着浪花，说着像浪花一样
易碎的话

远山上，有些花长在树上，有些草
从石缝里钻出来，有些人一脚踩到它们的
脊梁上，就好像踩到了我疼痛的人生

船在前进，后退的是山
薄雾越来越浓，我们低头攀崖
过铁锁、爬暗道，我们咬着嘴唇
挑战这明晃晃的陡峭的人生

没有在任何一处景物上留下名字
我知道，即便留再多的名字
也未必，会有人懂得我的一生

船在后退，山在前行

悲 欢 诗

在水流停止流淌之前
我看见树木葱绿，花儿娇艳，云朵白嫩
我看不到它们内心的枯萎
它们也看不到
我内心的刀锋

大地开始干燥，花朵悲痛地发出爆破声
每一片空地，就是一张惨白的脸
每一张嘴，就是一口深深的枯井
一切如此，没有任何遗漏

这汹涌的浪潮，带来的巨大的漂浮感
斑斓而虚空。它埋掉了一部分苟活之人
救活了一部分将死之躯

我为什么写诗

我不说我为什么写诗
我不说我在写诗的时候
是骄傲还是妥协
我不说这一刻
带给我的希望与绝望
生与死的对立
和统一
那些锋芒刺过来的时候
我正在一个城市奔波于生活
相对于活着而言
写诗只是其中的一种
生活的方式
而不写诗
就是放弃了整个生活

只　是

要想登上城市百里之外的
白云山，就要经过：田地、农舍、
不算宽阔的道路，稀疏的人群、
一座破庙以及数尊泥菩萨。
那是一个春天，野花开满大地，
山顶满是奔波的绿。
我在路上，行走。
我渴求一次完成，我渴求
在山顶建造一座房子，和几种
熟悉的植物挤在一起。我偶尔
沾染它们的绿，它们偶尔
满身挂满我的粉。我们有足够的
忍耐和坚持。我们从不打开窗户，

我们只坚守我们自己的广阔。
多好，一扇窗子，就能
关住肆意而奔驰的心。

只是，
我还没有活到
与这人世毫不相干的地步。

写给写诗的人

我常常陷入一种沉思，常常绝望地
去担心那些没有发生，或者
本就不可能发生的事情。
但有一点我是对的，
走到单位拐角处，
我总会对开着的一扇门里的人
点头笑一笑。在这座城市，
我和那么多的人不同。
在那么多个城市，
我又与一些人多么的
雷同。风、草、树和花朵的阻力
那么小，它们不能阻碍我们写诗。
我们把影子写得很低，

把自己写得吱吱响，把生活
从明写到灭，而最终
一无所获。

愿活着的写诗的人，
越活越好。
愿死去的写诗的人，
越活越好。

孤独的行者

他走了太多的路，
他走路的时候就像是
像更远的地方抛出自己的身体。
他不断地消耗自己体内孤独、寂寞、荒凉以及
沼泽、岛屿和码头。这个世界
到处都是灰烬，花的灰烬，水的灰烬
道路的灰烬，空气的灰烬，人的灰烬……

从枯草中走出来时，他就像是
从悲伤中走来，水珠在翠绿的叶片上
膨胀，直到逐渐散去。这是初春，
在更多的绿还没有到来之前，部分的绿
显得落寞而恍惚。

他去过的地方，早已变迁。

他去往的地方，不在这世界的任何地方。

之前他路过的站台和人群

还在途中。数年后，或许他们

还会重新相遇。

他顺从生与死带给他的

任何形式的迁徙。

一　些　雨

一些无关的雨和一些无关的人一样
即使走在同一条路上，也会视而不见，充耳不闻

但是现在，有一些雨，落在了我的
头发上，手表上，衣服上，背包上，诗歌上
它们围绕着我，对我旁敲侧击

它们陷入我，就像我陷入这座城市
就像我陷入某场雨的泥泞

我也有陷入自我的时候。这比
陷入这个城市的任何部分都可怕。但这也是
我一生中最清澈见底的时候

那不是我

如果季节再深一点，那么
这个世界就更绿了。
这世界的绿，
和我没有关系。
我渴望的是，
隔壁园子里的绿。
它们绿的真实
而暴躁。它们
总会在我低头或者抬头间
更绿一点。它们的绿
能够压倒一切。

我不能去的地方，它们
都替我去过了。这么多年，
它们一直代替我失眠，
代替我覆盖生活中的
每一处。但它们
始终都不是我。

远　处

远处，
是一座丛林，那里
缔造了风、雨以及一个个浩大的夜晚。
此刻，陡峭的光线
切割着翠绿的叶片，并对它们
进行无数次地撞击。没有丝毫的浪花，
更没有破碎的声音，只有温热的气体
从树木的枝干上，一次次跌落。
但我还是听见了
这隐秘的声音，它们
由远及近，自上而下，
以同样的方式撞击着我。
我不止一次地被放置其中，

不止一次地
从自己的身体里滚落。
"我已转变成坚实的塔"
但我仍不失我的
柔情和悲壮。

我　知　道

我已经说了很久，但是
还是没有人听
还是没有人像阳光一样
铺满我的周围
中年，越来越不顺从自己。但
不顺从也是有限的。这人世
没有一条路是好走的
没有一条路
不是夹杂在黑夜与白昼之间
但我知道
我赢不了谁，我也不会输给谁
谁也不能恰好活满
谁的一生

在一首诗的尽头

一切都是值得的，
一切都太过于绚烂，
美丽的东西堆积起来
就成了一潭死水。
写诗的人，感受到了
这其中的微苦。他们尽可能地
铺展自己。他们
从一首诗的开头到结尾
都在割舍、抚摸、捶打、黏合着自己。
而我，
在每一首诗中
所做出的各种努力

都有负于我。

在一首诗的尽头，

一首诗哽咽的部分，

我又几乎，

被彻底地消耗掉。

四月之后

经过岁月的无数次敲击之后，
我已不知道什么是怜悯和悲伤，
不知道这人间的一切事物，
与我到底有什么关系。
光线结实地落在一棵无叶的柳树上，
我没有看到关于它的任何欣喜，
它与我距离很远，
我是海的一部分，
这它是知道的。
我白色的羽毛正在穿越巨大的黑夜，
这它也是知道的。
但我内心的那些痛苦的坚持与忍耐，
它是不知道的。
我所以走得越来越慢，并非
懂得了活着的真正意义，而是

在生活无数的击溃中
惯于做出的颓败的姿势。
落日，被乌云压得越来越低，
被乌云压得越来越低的人们
像落日。四月之后，
一切事物都有了绿意，
有了绸缎的身姿，有了海的咆哮。
尽管如此，外部之美与内部之伤
仍然各自存在，但只要它们
同属于一个世界，它们就
相互属于。

影　子

我已疲倦，我的灰色的影子
曾经是我触摸不到的英雄，如今
我的英雄，也已疲倦

多年前的某个地方，鸟儿就是这样叫着
油菜花开到天黑，而在天黑之前
所有的光，必须返回高处，影子秘密隐形其下

那么多年的我的影子，缓行于路面或者墙壁
如今，它和我，融合在一处

我不得不忍受相互磨损而带来的
隐秘的疼痛

没有什么

从第一天开始，
我就比别人更忧郁一些；
比别人更孤独并胆怯一些。
那么多的花朵，
像一件件鲜艳的外套。
我讨厌她们满身浮夸的姿态，
讨厌她们不计后果的怒放。
我也讨厌自己，
春天都过去一大半了，我还没有
爬上枝头。但这没有什么，
我接受，
一切的迟来和晚归。
赞美一下自己，
其实很难。
大地之城有那么多的诸如：

荷花、草籽、骨骼、咔嚓声、火焰这类的绝美之物。
而我，只能在我中
看透这整个世界的黑与白。
但这没有什么，
我依然可以
在夏日滚滚而至时，
踏着内心浓绿的阶梯，
一级一级攀登上来。

曾　经

很快，一些水就会被另一些水所代替，
它从山顶流淌到山脚下的时间里
已经变换了多次，我说的不只是它的姿态

还有它的声音、眼神、吃惊的表情以及
对这个世界的爱的方式。很快，一座山
就会踏平另一座山。

在墙的一边，有一条小径。你会从那里抵达
一首歌里所唱的艳粉街。在那里
有我曾经最钟爱的东西，但现在
我不爱了。

曾经的时光，改变了
无数张脸和无数颗心。但我
任由它改变。

在我写诗的时候

卡在喉间的花朵，在我写诗的时候
越开越茂盛。显然你投掷的石头
是没有用的。它落入低处
一枚花朵的涟漪，与它无关

我围绕着一群植物的名字写诗
写到哪一株的时候，哪一株就动一下
它们变大或者变小，与写一首诗的途径
与几个赶路的人，无关

雨水飘在空中，被风吹来吹去
其中一些落在树木的叶子上
另一些落在房屋或者道路上
还有一些落在不可见的事物上
我在夜晚写诗的时候
它们落在我的灯火上

有 时 候

有时候
我不想写诗
就像
有时候
我不想做自己一样
我的忧欢
我一直不说，直到
我变得强大而悲壮，直到
我的伤口
再也流不出血

一天又一天过去了
堆积了那么多沉寂的人
灰尘破体而入
我仰视着

绿色从一个人的身上
到另一个人的身上
有时候
也会落到我的身上
我能感到，这巨大的压力
带给我的虚弱和无力

有时候，汹涌于人潮
就像参与了一次重大的失败

我　不　说

我不说

那些鱼去哪儿了

我不说

他们从我身体上

游过去的时候

我的身体

蓝到什么程度

我只低头

看身体

卷起的旋涡

写诗的时候

我低头写诗的时候
花开了一朵
杂草环绕周围
我再低头写诗的时候
花落了一朵
群山飘起细雨

我离席而去
我保持我的孤独和干燥

身体内部

一定是雾气藏在了身体里
身体里才有了山峦
一定是有人攀登
才有了河流不断地流淌
和延伸
一定是有人告密
身体里的花朵
才逐渐还原成
沙滩和骨骼

质　疑

在你之前我看到的海滩、沙砾、鱼群
都是我怀疑的对象。它们抵抗着
一场又一场风暴的袭来，它们毁坏了水以及
所有可能的宁静

我随着它们慢慢向上攀升
在整整一夜的大雨之后，我又缓缓地平和下来
岁月的齿轮碾过我的那一刻
我，高傲而坚韧

水的味道带着寒冷，但我质疑
它的燥热。它闪电般滑过我的体表
却没有淋湿我

我质疑，在丛林密集的险境中
你和它
如何一起奔向旷野

溃　败

我坐在一小块空地上
任由黄昏的余光，向我扑过来
它用迟暮之身，隐藏我
植物茂盛的地方，风
反复迂回。桃树离我最近
看着它一天天长成我的样子
如我一般的忍耐和坚持

一场雨之后，夜色渐深
杂草、小石子以及偶尔的月光
像一条条清晰的河流
发出细小而泥泞的声音

许久以来的躁动、肆意、虚晃
在此刻，愈加剧烈。之前的隐忍
立即溃败

欺 骗

仰望你，并非因为我在低处
从我到你，层层叠叠那么多叶子
它们从绿到黄，再从黄到绿
都要经过我的变换

之前花去时间，努力去做的事情
时至今日，我仍然努力在做
但必将有一瞬，我会将其统一成
和我一样的面孔

有时候一个我是不够的，另一个我的介入
必将折服之前的一切
这极富有自我欺骗性的生活
是我在生命中发出的
极其卑微的声响

这么多年，我身陷泥潭
背影深垂大地
怯怯而生
这么多年，我一直承受着
生活带给我的
疼痛和酸楚

六　月

这是其中的一部分
云朵在枝头翻滚
开始时是一朵，然后是，三朵，五朵……
当我数不出它们的个数时
我就闭上眼睛。但
头顶的风，更大了
它们汹涌着扑向我的耳朵
它们从不伪装。它们对我的攻陷
使我在某个时刻
几乎失去控制
想象总是不堪一击
而六月
像咆哮的海。除了咆哮它无事可做
但这绝不是年少轻狂
这是
最美丽的奔驰和消逝

隐　忍

构造越简单越好，就像
瓷器碎掉的声音，只有冰凉的清脆

如果天气转暖，寂静的溪水
就会动用全身的力量，翻越山川，河流和人海

我是不一样的，我在一丝隐忍里
低下头。身体里渐灭的火，让我变得更加真实

我对这个世界的爱，越来越专注
泪水也越来越汹涌，却局限于眼眶

不 一 样

在酒吧，有不一样的酒杯
音乐和酒的调配方法
不一样的人喝不一样的酒
他们有时喝醉，有时不醉
有时，他们在说话
但灵魂在沉默

时 光 里

我的安静，并不代表我会就此
沉默下去。去年秋天落下去的暗黄的叶子
如今仍是鲜嫩的挂在枝头
而我需花上一生的时间
向人世争取我的存在
这是毫无意义的事情

一阵风之后，先前的雨水
又重新回到玻璃上，房间阴暗而又潮湿
附着在空气中灰尘，随着呼吸
潜入我的身体

再怎么躲都躲不过灰尘的蒙蔽
再怎么逃都逃不过时光的制裁

并非我老了，是过去了那么多个秋天
经过那么多次的寒冷
我已经得起人世的
历练、沉浮和筛选

旅　途

我和更多的人
走在同一条街道上
但我们走的却是不一样的路

那些街道，常常使我困乏
山川、楼阁、黄昏、花朵混迹其中
不同的我从不同的角度出现
每走过一条街道，就像风雨飘过旷野

疾走或者缓行
我都喜欢低着头
这一低头，几十年过去了
旅途中，尽管有很多不想说的话
但我还是说了
我把最想说的话
留到最后

那都不是真的

我忽然间忧愁起来
百合昼夜开放，到底是
值得不值得？
涌动的空气，在密集的
花瓣间穿梭，像一条河流

我几乎是老了，满枝的叶子
早已落光。越是俗世俗物
越是让我镇定
叶子落光之后，我还有
枝丫和根

新鲜的事物：
纯洁、鲜亮、使人眩晕
但那都不是真的
那只是
昙花一现的破绽

我是一个真正生活过的人

我所在意的美，不是任何一种美；
我所说的痛，也绝非仅仅是疼痛。
那些令我身体发烫的雨水，从头到脚
在我身体里迂回。
生活中，这么干净的事物
我遇到多次。
我和万物本无关系，但又有
扯不尽的关系，说到这些
我开始有些心痛，当身世变得
越来越不重要的时候，惨白地
活着的秩序，偶尔会被时光打乱。
但我的个性，教会了我隐忍
和坚持。瞧，风吹过这里
我一动不动，毫无表情。

漏　洞

一提到天气，我就阴晴不定
一提到雨水，我就浑身潮湿
我的漏洞无法弥补
无人探访的时候，我也进行自我修复
但并不是所有力量
都是有效的。并非看到的现象就是本真
我不得不，对看不到的事物
服从并屈尊

最终成为我的
不一定是我。但或许会在意想不到的地方
能够重新遇见。活着的苦衷
我已经重复了很多遍。现在我不说
是因为我对它，有了
足够的耐心

我和我有时成正比，有时
成反比。不论哪一种，我都爱
我热爱，具体起来的冷和
在咸涩的空气中逐渐枯萎的树木和草
它们在我身体里泛滥的时候
我是它们的漏洞

南　湖

它的寂寞，不等同于
一个人的寂寞。它有礁石，有波浪
有分叉的支流，流向万物的根

花盛开时
雨，会是其中的一朵

叶子凋谢时
我，会是其中的一片

我独自占据整个湖
这里的蓬勃就是凋零
它有时呈现出海的样子，有时
又带有河流的呼吸

美即悬崖，坠落的危险
常常来自此起彼伏的
涟漪

清 晨

微凉的清晨，阳光直射进房间
乳白色的床单，木椅，粉色的窗帘，未完成的梦
简单而虚无。它们呈现给我的美，只是片刻
新的事物所带来的新鲜感
会迅速地代替它们的位置
盆栽不只是有含羞草，细小的藤蔓，微暖和光。还有
青山和绿林，山谷和海洋。它们各自用不同的方式
活在奔向死亡的路上

任何我去过的地方，都将是我返回的
必经之路。我的叹息纠缠于水
我早已失去控制，抱紧的胳膊，突然松开

但我必须承认，在我耳边低语的人
煽动了我内心的美。我感觉到：

水的盘旋
木头和火的摩擦
宿命的风缠绕着树
眼泪流向海滩

我只是无意间看了一眼，事情就
陡然间发生了变化，裸露的事物暴出青筋
光线对准的位置，一片漆黑

像是被什么掏空。
微凉的清晨，在满是阳光的房间
是谁将这一切，带到我的面前？

她 累 了

她所描写的景物里
没有她
可以肯定的是，她
并没有走远
在每一寸时光里
活着的她，影子都
紧紧依附着大地

除了生活，没有什么
更为泥泞。当气温逐渐上升时
一场雨，无声抵达
所到之处，都有乌云投射下的
暗影

她累了
一个矜持了很久的人
在草木埋过头顶的瞬间
失声痛哭

容　纳

走在草地上的都留下了
碧绿的影子
飞在空中的
都被风按原路吹了回来
我在这里
为路过的人写诗
他们聚集，散开；再聚集，再散开
无所而栖的人，最后都走向站台
旅途才是长久而永恒的居所

杂草，或者更多的无名的植物的身躯
从人海中抽离，我便痛苦不止
所以，我不与更多的人
擦肩而过

等风吹到高处，金盏花开到尽头
漫山遍野的空旷，就是我的空旷

它能容纳多少人世的苍凉
我就能感受到多少尖锐的疼痛

地 铁 里

地铁里，弹着吉他唱曲子的
独身女子
忧郁，颓废，声音里带着波浪
她用声音一点点埋葬着自己
眼睛里的乌云，像是有
滴水穿石的力量
唱过一首歌之后
她显得有些松弛
她对人流，对空气
对一切事物都是一样的
蔑视

这么低，这么深的绝望
我也曾有过

只 有 你

我去的最远的地方是云南
它是个例外，是节外生枝
由它而形成的简单而短暂的一瞬
仿佛与我无关。我总是这么
低着头，不愿被你看见
更深的我。如果
我去的最远的地方
不是云南
"或许，我喜欢的，我爱的，都会不一样"

薄薄的一生，因此而关掉一部分
因此而打开遥不可及的
另一部分

空旷的大地上，什么都没有
只有云南，川流不息的人群中
谁都没有，只有你

看 见

我在梦里所见的
一睁开眼睛，就全都没有了
就像我一直爱着的
一转身，就全都没有了一样

那些经过我的：
狂风，暴雨，疾驰的行人，跌倒的蚁群……
都会给我带来
悲伤或者忧愁

如果我能看得更远
就好了。我就能看见究竟
是什么在光芒的大地上残喘
就能在梦醒后
依然能够看见梦里的所有

湖　水

在湖畔，所有的事物
都有着起伏的波浪
也包括我
而湖水安静地
卧在荒芜的大地上，就像
一颗泪，含在
世人的眼睛里

继 续

我们继续赶路

我们继续穿越火车、洪流、火焰和

一切事物

并非，我们勇敢

而是，生活就是如此

不是前进

就是下沉

慢　慢

慢慢地
成了跑在旅途上的汽车
火车，飞机
旅途由短而长
由浅入深

显而易见
离家越来越远的我
离自我也越来越远了

到深夜里去

到深夜里去的
不是一个女人，而是两个
但最终一个终将离开另一个
尽管，撇清自己
不是那么容易的事
突如其来的一场雨
像一场盛大的仪式
它从空中急转而下，尘世的一切
——接受它的打磨。一个女人
和另一个女人都只是
其中的一个

一个我和另一个我
到深夜里去。我早已接受这个事实
早已接受这个绊脚石带给我的所有的
磕磕绊绊

我到深夜里去
我是意外的风景

南　岭

和万物相比

我和它更加接近

它像是在奔跑

在它奔跑的速度里

再急的风，也会漏洞百出

杂草丛生的地方，树木也异常茂盛

高大的树冠，托举着洁白的云朵

有时是树冠遮住了我的视线

有时是云朵遮住了我的视线

我不知道它们的背后

深藏着什么

这只是南岭的一部分

深处，浓密的荆棘

时而刺破我的身体

时而刺破树木低处的叶片
每天都有不同的人，或者是
不同的鸟类、兽类亲临
它们融合、拆解着这个庞大的生命体
它孤独、安宁、成熟而又饱满

风越大，植物凋零得就越快
在南岭，荣与枯毫无区别

天　空

大地在我的面前
像大海。大海在我的面前
像天空。暴风雨
像是它溢满嘴角的汁液
它端庄，高高耸起
它是地面上升起的巨大的露珠
它操纵着万物的
身体、善恶、情感以及信仰
一切存在
不仅仅是存在
一座城市的天空
就是千万个我的天空
它是盛有万物的

大容器

它嘶鸣，呐喊，诋毁，诱惑

它洁白而妖娆的气息

像暗藏的河流

它衔着万物的生命

穿越

生命的万物

晚　年

我有时候爱自己，有时候不爱
但我一定会爱我的晚年，晚年的时光
应该和童年的时光一样，什么都不懂
什么事都敢做，什么怨恨也没有
我还居住在原来的房子里，原来的邻居
都成了老邻居，他们和我一样老，和我一样
完好地活着。老了的我们，会看到更多的
蝴蝶飞向更多的花树，会看到
更多的微笑，来自人海

我的床还是原来的那张，但床单一定是
换了很多个，不论怎么换，都一定还是
我喜欢的颜色。它包裹着我倦怠的身体
使我享受着温暖的迟暮之年。偶尔房间里
充满着多彩的泡沫，像电视里的

舞台上那样，人生的舞台也不要太单调

水杯、毛巾、书桌、梳子，以及我用过的笔
都留给我的女儿做个纪念，如果纪念能引起疼痛的回忆
她可以扔掉它们。一切都会离我很远
现在，我反复打扫我的房间，反复拔掉我的白发
是不想让我的女儿看到
我给她留下的，过多的悲伤

之前的矮树，一定都长成了参天大树
它们一定比我高，但它们没有我老
没有我这么丰富，不像我这么
偏执地活着，有时候活着就像排队
轮到我老了，轮到我目空一切了
我曾经走过的每一条路会一直在
但没有人比我更熟悉它们

已经活到没有羞愧的年岁，已经活到
孤立一切，也被一切孤立的年岁
我接受一切真实，接受从一个人变成一首诗
从一首诗变成一片灰烬的整个过程
这与谁会流多少眼泪无关

大　雪

一场大雪统一了这个城市的颜色
寒风紧紧地包围着我，万物都在秘密地生长

没有惊雷，但雪越来越大
天空越来越低，道路被阻断，仿佛万物瞬间毁于一旦

我在雪地上留下洁白的脚印
但，很快就会消失

冬 夜

停水，停电，手机的信号极其微弱
我把鱼饵喂给鱼
也喂给猫。夜色很快包围了我
冰冷的气流犹如利刃
我沉默着，有些慌乱
我抱紧双臂，坐在黑暗里
我扩大了整个房间的空寂
所有旳事物都不真实
我坚持，不清醒
也不睡去

初 春

还是没有雨，将近三月
我一直保持着平静
没有听到花朵盛开的声音，也没有
看到潮水沿着残损的堤坝涌上来
一切都无比的真实
冰冷的路面
刚刚融化的雪水混合着泥土

我开始有点慌张，脚步凌乱
我想张口说话，仿佛
又被一种无形的力量阻止
风吹过我后，放慢了速度

没有鸟群，没有来往的行人
在这铺满野草的郊外
我不知道自己是将要离去
还是刚好闯进来